D0664137

# La notaire

Du même auteur

*La blonde de Patrick Nicol,* roman, Éditions Triptyque, 2005.

*Paul Martin est un homme mort,* roman, VLB éditeur, 1997.

*Les années confuses,* récits, Éditions Triptyque, 1996.

*Petits problèmes et aventures moyennes,* récits, Éditions Triptyque, 1993.

PATRICK NICOL

# LA NOTAIRE

*roman*

LEMÉAC

███████████████████████████████████████
███████████████████████████████████████

L'auteur remercie la ville de Sherbrooke
pour son soutien.

*Leméac Éditeur remercie le ministère du Patrimoine canadien,
le Conseil des arts du Canada, la Société de développement des
entreprises culturelles du Québec (SODEC) et le Programme de crédit
d'impôt pour l'édition de livres du Québec (Gestion SODEC) du
soutien accordé à son programme de publication.*

Tous droits réservés. Toute reproduction de cette œuvre,
en totalité ou en partie, par quelque moyen que ce soit, est
interdite sans l'autorisation écrite de l'éditeur.

ISBN 978-2-7609-3289-0

© Copyright Ottawa 2007 par Leméac Éditeur
4609, rue d'Iberville, 3ᵉ étage, Montréal (Québec) H2H 2L9
Dépôt légal – Bibliothèque et Archives nationales du
Québec, 2007

*Imprimé au Canada*

# 1

« J'ai habité sur la rue Kennedy, ici, juste à côté.

— Quelle maison ?

— Le bloc rouge avec des galeries blanches. »

La dame se lève, retourne vers la pièce dont ils viennent de sortir, une espèce de débarras rempli de meubles, de boîtes, de sacs informes qui semblent entassés là depuis toujours. Quand l'homme jouait au coin de la rue, enfant, tout devait y être, déjà.

« Tenez. »

C'est lui, sur la photo. Il a dix ans, peut-être. Il est assis dans l'escalier, appuyé sur le mur de briques, un gant de baseball posé sur les genoux. La photo est en noir et blanc, ses cheveux sont presque blancs tant ils sont blonds. Il ne reconnaît pas la fille qui sourit, assise quelques marches plus bas.

« Et celle-là. »

Ses deux sœurs saluent le photographe qui devait se tenir sur le trottoir. Elles sont debout sur le balcon, à l'étage; lui, il est assis à leurs pieds, penché pour regarder l'objectif à travers les barreaux, sérieux. À cause des cheveux un peu longs qui lui cachent les yeux, on dirait qu'il boude.

« Mon mari est mort, maintenant, mais vous devez vous en rappeler. Il prenait des photos. »

Il a souvenir d'un homme à tout faire qui disait *Prends garde* quand les enfants étaient dans ses jambes et d'un autre qui s'appelait Yvan. Les enfants disaient *Yvan des bananes*. La dame parle d'un homme grand, costaud, jovial, qui portait des lunettes et aimait les enfants. Il ne voit pas.

« Si vous prenez la maison, dit-elle, je vous laisserai les photos. »

Elles ont été prises en 1970, 1971, en 1972 peut-être. Lui-même n'a pas de photos de ces années-là. La plupart de celles qu'il possède datent d'avant la mort de son père. Ses sœurs y apparaissent toutes jeunes, toujours en robe, parfois avec des souliers propres. Elles posent dans des lieux dont lui-même ne se souvient pas : une ruelle longée d'une clôture de bois, un fond de cour, une rivière. Ces clichés ont été pris par le père, sans doute, car toujours il en est absent, ou alors il est flou, mal cadré. Toutes les images de lui sont mauvaises. Un homme mince et chauve dans lequel le fils se reconnaît peu. Le petit garçon est dodu, blond, le plus souvent entouré d'objets insignifiants dont il s'amuse énormément. Puis il y a un énorme trou dans l'album de famille : une dizaine d'années sans aucune photographie. Quand il réapparaît, il a complètement changé. Il est grand, ses cheveux sont foncés, des traces de barbe lui obscurcissent le visage. Ils réapparaissent tous sur des photos couleur mal déve-loppées : la mère, les deux sœurs, mais sans père, sans mari. La famille, qui n'habite plus sur la rue Kennedy, est sur le point de se disperser. L'homme ne possède aucune image de l'intervalle, ces années-là, passées dans ce quartier-ci. L'envie lui prend d'acheter la maison.

Une fois dans l'auto, Marie l'encourage : « C'est drôle, dans ton quartier, juste à côté de l'école où t'es allé. Tu devrais l'acheter. Si tu négocies un peu, elle pourrait te laisser des meubles, ou les outils de son mari…

— Oui, sans doute. »

En fait, oui, il doute. Mais il faut avancer, ne pas toujours revenir à cette autre maison qu'il habite avec une femme qu'il n'aime plus.

C'est Marie la première qui lui a dit *Tu ne m'aimes plus*. Il n'a pas su quoi répondre. Plus tôt, plus jeune, s'adressant à d'autres filles, il avait nié. *Mais oui, je t'aime, ce n'est pas ça.* Il avait insisté et pendant quelques jours fait des efforts. Chacune avait souhaité être contredite, détrompée ; à chaque fois il avait gagné. Gagné quoi ? Du temps. Mais cette fois, il n'a rien dit. Elle a dit *Tu ne m'aimes plus* et il n'a pas répondu. Ce devait être le début du courage, ou alors la fatigue qui fait que l'on s'abandonne au mouvement. Marie l'a pris par la main. *Tu n'es plus bien, tu ne sais pas ce que tu veux. Tu crois ne plus m'aimer. Viens, on va te trouver une maison. C'est plus facile, s'en aller, quand on sait où on s'en va.* En effet, à la fin de chacun des couples, la même question s'était posée : comment vivre, maintenant, et où s'en aller ? À chaque fois, l'incapacité de s'imaginer vivre dans une maison sans femme.

# 2

Le bureau de la notaire est presque vide. Rien sur les murs, pas de tapis, une corbeille qui semble n'avoir jamais servi. Le tout (les meubles faibles, les murs blancs, les bibelots bon marché) semble avoir été réuni pendant la nuit pour servir de décor à cette unique transaction. Demain, on le parierait, rien n'y sera plus.

La notaire sourit. Le prix de vente est trop bas, c'est presque indécent. La vendeuse, pourtant, semble satisfaite : « Quand on trouve quelqu'un qui peut s'occuper de notre maison, quelqu'un que ça nous dérangerait pas, on la laisse aller. C'est comme notre fille, notre chat... l'important, c'est de trouver quelqu'un qui va en prendre soin.

— Madame Denis vous a adopté, on dirait. »

Marie glisse son bras sous celui de l'homme, lui tapote la main :

« Vous l'adopteriez pas, vous ? »

Il dit : « Gênez-vous pas. »

Toutes les femmes rient.

Les événements se sont succédé. On ne peut pas dire : précipités. Il a fallu arracher à l'ancienne maison des éléments de décoration, les livres, quelques meubles ; il a fallu remplir des boîtes, et jamais Marie n'a pleuré. Elle n'a presque pas parlé. D'autres meubles ont été livrés, des électroménagers.

En entrant dans la maison vide, incroyablement propre, il trouve les photographies sur le comptoir, juste à côté de l'évier. Il dépose la plante qu'il portait. Que fera-t-il d'une plante ? Marie a insisté : ça mettra de la vie.

Le voilà, avec son gant de baseball et la fille inconnue. Voilà ses sœurs, et lui, boudeur. Deux autres photos ont été ajoutées. Sur la première, on voit sa mère, les cheveux très noirs, très raides, fumant une cigarette, un panier à linge posé à ses côtés. Elle porte un fichu, des pantoufles trouées, elle regarde directement le photographe, c'est une ouvrière effrontée. Les années soixante-dix. Des gens pauvres, un peu vieux, pourtant plus jeunes que lui, maintenant. Il n'a pas connu cette femme.

Sur l'autre photo, un groupe d'enfants pose dans la rue. Il reconnaît en arrière-plan la maison qui était voisine de la sienne, mais les enfants lui sont presque inconnus. Ils étaient nombreux à jouer à la cachette, à la bouteille, à kick-la-canisse. Quelques visages sont vaguement familiers, mais il ignore auxquels accoler les noms qu'il a en mémoire. Sylvain, Alain, un Roland, peut-être… Une fille ressemble à celle de l'autre photographie. Le ballon, posé par terre, devant les enfants, était beige. Il s'en souvient parfaitement.

Marie, déjà à l'aise dans cette demeure qu'elle n'habitera jamais, ouvre les fenêtres, étend des toiles, prépare le matériel. Faut-il faire ça, vraiment ? Acheter des maisons, les rénover, y vivre ? Il a quarante ans et il l'ignore. Il ne sait pas comment faire autrement. Marie a insisté : il faut repeindre avant de s'installer. Le rez-de-chaussée sera l'affaire d'une journée. Elle a tout coordonné : les meubles, la peinture, le tapis ; noir, gris, blanc. Ce sera très beau. Il se dit : « Toutes les femmes décorent mais celle-là le fait bien. » Il n'a honte de rien. Quand elle parle, lorsqu'elle décide d'aimer un vêtement, quand elle bouge, jamais il n'a honte. Il se dit : « Ce devrait être assez. » Mais non, ce ne l'a pas été.

Marie dit : « Ce soir, tu pourras dormir ici ; moi, je partirai après le souper. »

Il le faut bien, cette vie doit un jour commencer.

Il ignore où est partie vivre la vieille dame. Dans une maison de retraite, sans doute, peut-être ici, en bas de la rue, dans ces grands blocs bruns où les repas sont fournis. C'est là que vit sa mère, assise à la fenêtre la plupart du temps, à attendre quelque chose, on ignore quoi.

Les murs de crépi, le plancher de bois et, en bas, les poutres visibles dans la cave… tout ici semble plus vieux que lui. Comment pourra-t-il en prendre possession ?

La tapisserie jaune dans une petite pièce fermée. Il y passerait le doigt, le jaune resterait sous l'ongle.

# 3

Certaines fenêtres n'ont toujours pas de rideaux. En arrivant avec la peinture, Marie le trouve à la cave.

« Que faisais-tu en bas ?

— Du ménage. J'ai le goût de bien m'installer dans la cave.

— Tu vas peut-être te mettre à bricoler.

— Oui, peut-être. »

Il est descendu parce qu'il ne tolérait pas la violence lumineuse de la cuisine, puis il s'est intéressé à l'attirail de monsieur Denis, abandonné dans la cave. Des outils pendus à des crochets, des tablettes, des rapports aux objets jusqu'à maintenant oubliés. Prendre des pots de nourriture pour bébé, clouer les couvercles à une planche, visser dessous les pots remplis de vis ; des hommes classaient ainsi leur assortiment. Cet homme-là, celui qui vivait ici et prenait des photos, le faisait également. Enfant, il lui est arrivé de s'aventurer dans la cave des pères de ses amis, dans leur remise, leur atelier. Ces hommes offraient à leurs fils des panoplies d'outils dans des coffres en bois, avec des règles dépliables, un crayon de menuisier, de petits tournevis et un marteau. Ici même, dans cette rue, en mille neuf cent soixante… En quelle année ? Ça se calcule sûrement. Dans sa vie, il a fait des calculs plus compliqués… En soixante-quatorze, peut-être. Il se demande : « Quelles ont été les meilleures années de Ken Dryden ? » Ça date d'avant, même. Combien sont-ils à se souvenir de Rogatien Vachon dans l'uniforme des Canadiens ? Nombreux, sans doute.

Les tablettes sont peintes en gris. La peinture s'écaille, découvre un bois terne et sec. Elle contient sûrement du plomb. Des galettes épaisses s'enlèvent à la main. Il en a pris une, l'a glissée sur sa langue et, en effet, ses plombages ont réagi. Ç'a été un peu long. Il est resté là, à promener des morceaux de peinture séchée dans sa bouche ouverte, les yeux fermés pour mieux sentir le frisson des métaux. Puis il a entendu du bruit et il est monté.

« Tu vas peut-être te mettre à bricoler.

— Oui, peut-être. Mais ça me surprendrait.

— Moi aussi. »

Elle rit. Ils devraient rire. On imagine l'homme se clouant le doigt à une planche, se sciant le bras. Les hommes maladroits sont attachants : « Je vais t'acheter une casquette de Ski-Doo et une ceinture pour mettre tes outils. »

Ils travaillent toute la journée. Entre deux couches de peinture à la chambre, l'homme a installé la laveuse et la sécheuse. De ça, il est capable. Marie l'a regardé faire sans le taquiner. Elle a installé les tringles. Il a vu son corps long, debout sur un tabouret. Dans l'activité, il est arrivé qu'ils se frôlent. Un certain désir, vers trois heures, n'est pas resté secret. L'homme sera incapable, toujours et à jamais, de poser des tablettes. Tracer une ligne droite, il ne peut pas.

*Il n'a pas eu de père pour lui montrer*, disait sa mère. L'excuse a longtemps suffi. Mais à quarante ans, tient-elle toujours ? Élevé dans un appartement plein de filles, il n'a pas non plus appris à coudre ou à cuisiner.

Marie passe lentement son manteau. Elle traîne. La chambre est finie, l'ouvrage de la journée est terminé, elle n'a plus rien à faire ici. Pourtant, elle resterait. Il faudrait qu'il la retienne. Elle ne s'habitue pas à l'idée d'aller vivre sans lui. Penser à lui, ailleurs. Il pose une question et elle s'assoit, répond longuement. Il l'écoute silencieux, ne donne aucun signe. Ce n'est pas elle qui dira *Je resterais*. Mais il ne dit rien, pas même *Va-t'en*. Quand sa réponse ne peut plus s'étirer, Marie se lève.

Une fois qu'elle est partie, l'homme retourne à la cave. C'est déjà le soir et il doit tirer sur une chaînette pour faire de la lumière. Un vilebrequin. Plusieurs mèches de métal. Un rabot rouillé. Trouver pour cette antiquité des lames de rechange. Il y pense un peu. Chercher des lames dans des ventes de garage, ou le mettre en vente lui-même, le céder à un marchand de vieilleries, ou à quelque nostalgique qui a des lames sans rabot. L'homme se tient debout dans la cave, immobile un bon moment. Il passe l'outil sur la tablette. La peinture s'arrache. Des éclisses de bois se coincent dans la fente. Il faut les enlever. Il recommence. Encore des écailles de peinture et des éclats de bois qui lèvent. La couleur franche du bois, sous la surface dénudée de la planche qui avait pris la teinte de la suie. Encore un coup et il arrête. Il a vu le bois, la peinture lever, ça suffit.

L'odeur, l'humidité normale des caves, réveille en lui un souvenir mauvais. Un plancher de terre battue dans lequel les enfants avaient creusé. À quelques pouces de la surface, la terre était jaune. Du sable, mais la couleur évoquait la crotte de chien. Avec qui était-il ? Quel âge avaient-ils ? Il ne se souvient que de la terre, des petits monticules formés autour du trou, des mouvements de la main qui grattait les parois avec une cuillère à soupe. Le mauvais, ce qui rend mauvais ce souvenir, est à l'extérieur du champ. L'homme revoit les genoux fléchis sur la terre, c'est tout, et une petite voiture de course, une match-box, qu'ils avaient enterrée là, mais il ne trouve pas d'où provient le désagrément. Une voix, derrière : son ami devait avoir un père. Ici, presque partout, le plancher est de ciment. Mais depuis combien d'années ? Sous la dalle doit s'étendre la même terre jaune. Sous toutes les maisons, dans tout le quartier. Où donc étaient-ils ? Qui était l'autre garçon ?

Il remonte et laisse tout en plan : le rabot, la poussière de plomb, les éclats de peinture. Il ne faudrait pas, comme ça, chaque jour, créer un nouveau désordre.

Au téléphone, la notaire lui dit avoir oublié quelque chose. « Habituellement, quand on achète une maison, on en profite pour faire son testament. Avez-vous un testament ? Je conseille toujours de le faire, mais, je ne sais pas pourquoi, quand vous êtes venu, je n'y ai pas pensé. » Il prend rendez-vous, donc. En raccrochant, il se rend compte qu'il est presque neuf heures. Pourquoi a-t-elle appelé elle-même, et si tard ? La notaire a des cheveux noirs, courts ; elle a à peine trente ans.

# 4

Voilà. La maison date des années trente ou quarante. Une partie des fondations est en pierre, mais le reste est en ciment, gris, traversé de fissures un peu sombres. Dans la vieille partie, le mortier s'effrite entre les pierres. Rien de grave. Au pied du vieux mur, le sol est en terre battue. Un petit carré de terre près d'une vieille sortie de cave où poussent des champignons. L'homme se rappelle les sorties de caves, dans les cours, de grandes trappes couchées à même le sol. On jouait autour, on s'assoyait dessus. Ça fait bien trente ans qu'il n'en a pas vu. Celle-ci est disparue. Dehors, le gazon est uni, on ne remarque rien. Il imagine l'escalier de ciment rempli de terre brune. Une poussière verte s'accumule sur le seuil de la sortie condamnée. Une autre variété de champignons, peut-être.

On ne trouve pas, dans cette maison, de bel escalier, de boiseries ou de foyer.

Certaines vieilles maisons sont modestes ; le quartier est modeste. Le rez-de-chaussée est maintenant entièrement rajeuni : la cuisine, le salon et une pièce qu'il finira par appeler la bibliothèque. C'est là que la dame gardait les photos. Et quoi d'autre ? Qu'y avait-il dans les boîtes de chaussures empilées sur les meubles poussiéreux, que pouvaient bien contenir les sacs, où tout cela est-il allé ? On ne voit plus désormais qu'une enfilade de livres, immobiles pour toujours. Rien ne traîne. En haut : la chambre, le bureau et la pièce à la tapisserie jaune. Elle seule, dans toute la maison, a gardé l'odeur du tabac. Un tabac foncé. La tapisserie, grasse, ternie, dégoûte Marie. Cette pièce est la plus sombre ; son unique fenêtre donne sur l'édifice voisin.

Voilà. Ces murs, ces marches, ces étages, tout ce poids de matériaux, tous ces pieds cubes d'air... Tout ça est à lui. Marie conserve l'autre maison ; il habitera celle-ci. C'est aussi simple que ça. Qui aurait cru, trente ans plus tôt, qu'un jour il posséderait tant ? Il regarde le garçon sur la photo et lui demande s'il savait qu'un jour il posséderait plusieurs maisons. Bien sûr que non. Et un travail meilleur que celui des autres ? Ça, oui. Ça, il le savait déjà. Cet enfant-là avait quelques certitudes, une certaine assurance. Pour ce qui est du travail, de l'argent, il a toujours été confiant.

*Il s'est fait tout seul*, on disait. Seul garçon, il a appris les gestes du baseball, du hockey en regardant la télévision puis en se mêlant aux jeux de son âge. Mais les gestes du quotidien des hommes, planter un clou, manier une scie… lui sont pour toujours restés étrangers. Cette phrase, *Il s'est fait tout seul*, combien de fois l'a-t-il entendue ? On parlait beaucoup de lui, autour de lui. Parce qu'il était un garçon, ou le plus jeune, il ne sait pas. L'homme et le bébé, deux notions confondues dès le plus jeune âge. Il couchait dans sa chambre à lui, alors que les autres s'entassaient dans des pièces incommodes. L'appartement de son enfance, en entier, était plus petit que cette maison où désormais il vivra seul.

Il passe ses journées dans les mauvaises pièces. Quelques heures par jour à regarder le plancher de la cave, à respirer l'odeur humide du tabac dans la pièce vide du haut, à ne rien faire dans le bureau, à lire le dos des livres dans la bibliothèque. Faut-il accomplir quelque chose ? Réussir sa séparation ? Et à quoi le mesurerait-on ? À dix ans, on sort et la rue est pleine d'enfants. On joue au soccer l'après-midi et le soir, à la cachette. On a des lampes de poche, certaines remises sont hors-jeu. Ce sont les années du papier-brique, celles où on connaît l'odeur de la vieille poussière, de la pisse de chat; c'est l'époque où les licences des voitures changent de couleur chaque année, où les genoux ne cicatrisent jamais. Il se tient debout dans la chambre jaune, le regard buté sur le mur du voisin, son revêtement d'aluminium, ses fenêtres blanches en PVC. Pour la première fois, le sentiment que certaines choses disparaissent. Les mots qui lui viennent, même : licence, solage… Il ne les prononcerait pas devant ses étudiants. Il pense : « la langue mater-nelle », et il secoue cette idée d'un geste de la main.

Son père est mort alors qu'il était très jeune. « À peu près à l'âge que j'ai », croit-il. Et les autres ? Les autres enfants de cette rue agitée, qu'avaient-ils fait de leurs parents ? On voyait parfois les mères par la porte de la cuisine, sur le prélart blanc ou la tuile cirée, derrière le screen, devant le sink. Le père, dans le salon mal éclairé, buvait sa bière devant la TV. L'homme ayant habité ici s'est quelquefois promené avec un appareil photo.

Ils ont emménagé dans le quartier après la mort du père. Pas tout de suite après, quelques mois, le temps de dépenser ce qu'il restait d'argent, de ne plus racheter de vêtements et de regarder s'élimer ceux qu'on avait. Une, peut-être deux années. Il ne sait pas vraiment. Il n'a aucun souvenir de cette époque, ni de l'homme, ni de la douleur de ses sœurs. Sa mère est née veuve. Ses sœurs sont nées orphelines. L'homme était un homme mort, c'est tout. On ne parle pas des morts, ni en mal ni en bien. Maintenant qu'il voudrait savoir, ses sœurs sont loin et sa mère n'a plus de mémoire. Ses souvenirs commencent dans un appartement où il est le masculin, l'exception.

À cinq ans, à dix ans, on n'a qu'à franchir la porte, mais à quarante ans, que fait-on ? À part la télévision, il ne trouve refuge que dans le bain. Là, il peut lire un peu, surtout somnoler. En sortant, il s'essuie à peine et se promène dans la maison. L'air sur la peau humide... il se sent frôlé. Il imagine qu'une passante entre pour lui faire l'amour puis s'en va, laisse tomber la serviette enroulée autour de sa taille, l'abandonne, marche encore, ouvre une armoire et grignote un biscuit. Une douceur petite. Un peu celle d'un enfant.

# 5

La notaire lui a demandé s'il avait des proches ; il a bien fallu répondre : « Non. » Quelqu'un à qui céder ce qu'il a accumulé ? C'est indifférent, mais on ne l'avoue pas à la femme aux cheveux noirs qui vous regarde intensément. Il y a bien sa mère, mais cette idée lui est apparue contre nature. On ne cède pas ses biens à ses ascendants. L'argent, comme les gènes, comme l'eau, ça descend. Il a dit : « Je devrai y penser. » La notaire ne semblait pas pressée : « Oui, pensez-y. Et fixons un autre rendez-vous. »

Marie arrive avec un souper, un peu gênée. « Sinon, tu ne penseras pas à manger. » Elle pose un chaudron sur le feu, trouve dans les armoires ce qui lui manque, commence à mettre la table. Puis : « As-tu pensé à moi, un peu, à nous ? » L'homme prétend ne pas savoir, au juste, à quoi il a pensé. Sans doute avait-il besoin de se reposer. D'un peu de silence, c'est ce qu'il dit, il avait besoin de silence et de n'avoir aucun objectif précis. Elle comprend, elle le croit et cesse pour la soirée de poser des questions. Ils font l'amour. Elle reste pour dormir. Durant la nuit, elle lui redemande s'il va mieux. Il le faudrait. Que partir n'ait pas été vain. Au matin, sitôt Marie sortie, l'homme retourne dans le bain.

Bien sûr, il pourrait tout lui léguer.

« Tu es sentimental, un peu.

— Oui, je suis sentimental. »

Qui a parlé ? Les murs lui ont renvoyé le son de sa voix : il a répondu.

Parfois, il se promène dans le quartier ; on dort mieux quand on s'est un peu dépensé.

Les galeries et les balcons sont remplis de vieilles gens qui le regardent passer. On attend de lui un salut, et s'il lève un peu le bras, pour replacer ses lunettes ou se gratter l'oreille, des dizaines d'autres bras se lèveront aussitôt et autant de sourires lui seront adressés. Rien que des vieux, nulle trace de santé ou d'enfants. Des chiens aux pieds de leur maître, des chats aux fenêtres. Pour un peu, ces petites bêtes lui souriraient également.

Le territoire de l'enfance est assez petit. Deux rues parallèles, trois qui les croisent, six coins de rues dont celui où il n'y a plus de dépanneur. Cela a toute l'apparence d'un quartier pauvre, l'était-ce déjà, il y a trente ans ? L'homme a toujours confondu la jeunesse et le dénuement. Quelques maisons ont disparu, peut-être sont-elles tombées toutes seules. Brûlées, pourries, peut-être ont-elles implosé sous le poids de la poussière et de la graisse agglutinées entre les couches de prélart mal fixé. Des blocs efficaces les ont remplacées : six logements pour vingt-quatre étudiants ; vingt-six chambres pour vingt-six personnes âgées.

Ils jouaient aux lettres dans le gravier. On traçait une lettre par terre et les autres devaient deviner le mot. Y avait-il des indices ? Oui, des catégories : acteurs, noms de villes, parties du corps... Celui qui trouvait devait s'enfuir, faire le tour de la cour et revenir effacer la lettre avant que celui qui l'avait tracée ne le rattrape. Mais qui étaient ces enfants ? Quel âge avaient-ils ? Où jouaient-ils donc ? Dans cette cour-là. Derrière cette maison où un homme en camisole se tient sur la galerie, les deux mains sur la rampe en fer forgé, incliné vers l'avant, souriant. Qui habitait là ? Les enfants, les petits-enfants de cet être sans dents qui suit son regard vers l'arrière de la maison ?

« Bernard, dit l'homme sur la galerie, mon garçon s'appelle Bernard. Il vit à Montréal, maintenant.

— Ah bon. »

C'est à peine si le marcheur a ralenti. Bernard. Le nom ne lui dit rien. Une fois chez lui, il scrute la photo de groupe. C'est peut-être celui-ci, ce visage rond, ces cheveux ras. Bientôt le regard glisse et c'est sa propre image que l'homme contemple. Un peu plus blond que les autres et une certaine lumière dans le visage.

Le jeune garçon aimait les sports, les jeux du corps, mais déjà on soupçonnait une maladresse, une sorte d'imposture. Il n'a su aller à vélo que très tard, n'a pas appris à patiner, ne savait pas, ne sait toujours pas nager. S'il s'est fait tout seul, il ne s'est jamais terminé. Bientôt il se mettrait à plaire aux filles et tout irait mieux. Dans chaque famille, on trouve des filles, et puis leur mère. On pourra se chatouiller, baisser ses culottes, boire du Quick en souriant aux mères. Ça ira mieux. Les filles le choisissent et jamais il ne déçoit.

# 6

Marie demande :

« À quoi tu passes tes journées ?

— Je prends des marches, je me repose. »

En parcourant la maison pour mesurer l'avancement des travaux, elle remarque que sur le bord de la fenêtre, dans la pièce du haut, la tapisserie a été grattée. À hauteur de main, à la hauteur qu'est la main lorsqu'elle pend le long du corps, oubliée.

« Penses-tu à nous, un peu ?

— Un peu. Je voulais que tu m'aimes.

— Je t'aimais. Je t'aime.

— Oui. C'est ce que je voulais. Je l'ai eu. Puis, tout d'un coup, ce n'était plus assez.

— Mais toi, m'aimais-tu ? M'aimes-tu ? »

Il est convaincu d'avoir aimé. Il s'en souvient distinctement : il y a quatre ou cinq ans, il était chez lui, seul dans l'autre maison, il contemplait les vêtements de Marie pliés sur une commode et il s'est dit *Je l'aime*. On ignore ce qui a changé depuis.

Elle dit : « Moi, je n'ai pas choisi que l'amour arrête. Cet amour était à moi, aussi, et tu l'as arrêté tout seul. Ça ne devrait pas être permis. Il était à moi, cet amour-là, à moi aussi. C'était notre "mariage", tu n'avais pas le droit de l'arrêter tout seul, je crois. »

En disant le mot « mariage », Marie trace des guillemets dans les airs. Elle est si surprenante, on ne sait pas toujours comment lui parler.

« Bien sûr, je te laisse aller, mais tu as tort. Tu as au moins un tort, celui d'avoir brisé quelque chose qui n'était pas à toi. À toi tout seul. Tu aurais dû en prendre soin. »

Où en sont les travaux ? Des chantiers sont commencés partout, velléités : un espace à la cave pour bricoler ; dans la bibliothèque, un coin propice à la lecture ; un pupitre dans le bureau où il pourrait travailler. Il s'imagine bricolant, lisant, travaillant... des images de lui-même qu'il n'arrive pas à incarner. Le Lecteur, le Travailleur, le Bricoleur... on dirait des titres de films qu'il a déjà vus, mais dont il ne garde aucun souvenir. Homme mûr, intelligent et indépendant. Non-fumeur de quarante ans. Impression vague laissée par un personnage qui semblait être en possession de quelque chose. Ses moyens, ou autre chose. Ses envies. Maintenant, il est plutôt cet homme absorbé par les écailles de peinture qui lèvent sous l'ongle, par la poussière de mortier qui glisse entre les pierres, par les lambeaux de tapisserie qui s'accumulent au pied de la fenêtre. Il aime le poisseux, le gras, l'odeur du tabac sur ses doigts.

C'est incroyable comme il est beau, le salon. Le noir et blanc des meubles neufs, le tapis qu'il n'a pas encore sali ; c'est effrayant comme il devrait être bien, ici, assis sous la lampe à lire enfin. Enfin lire seul dans un salon, dans une maison à soi seul. Dans l'autre maison, avec Marie, la conversation à toute heure, les visites inattendues, la radio… tout lui semblait une interruption. Maintenant, s'il s'asseyait seul dans son salon, tranquille, rien n'adviendrait.

Ces scénarios de lui lisant dans la lumière du matin, un café à la main, ou travaillant à loisir dans le bureau ordonné, comment se les est-il construits ? Penser qu'il puisse vivre seul, comment cette idée a-t-elle bien pu s'installer ?

Marie dit : « Il y a quelqu'un que tu imagines être toi. Et puis il y a celui-là, celui que je vois devant moi. On ne parle pas du même homme, crois-moi. Tu n'as jamais su te ramasser, te gérer. Les premières années, au moins, tu faisais des efforts. Quelque chose comme un élan, une volonté, te gardait avec moi. Puis tu t'es mis à abandonner les objets, laissant partout les traces éparpillées d'un naufrage. Autant tu devenais incapable de finir tes phrases, autant tes gestes avortaient. Je te surprenais à interrompre n'importe comment les mouvements amorcés. Tu échappais tout, souviens-toi, tes mains oubliaient de serrer les objets, ton esprit n'arrivait plus à se fixer. À la fin, on ne savait plus où trouver l'évier, comment distinguer les vêtements propres de ceux qui devaient être lavés. En une journée, tu pouvais rendre informe l'espace le plus net et je me demandais à quel moment je verrais tomber ton visage. Ou alors tes mains, tes bras. Les derniers temps, c'est vrai, tu n'étais plus bon à rien. En plus de t'aider à parler, je devais tout ramasser. J'ai pensé que vivre seul te ferait du bien. Mais non. Tu vis seul et tu n'es pas plus ordonné ni plus articulé. »

Ce n'est pas une question, ni une invitation à commenter. L'homme se tient debout et attend. Marie qui l'a aidé à partir n'en finit plus, maintenant, de revenir.

« Tu vois, cette paresse, toute ta mollesse, n'avait rien à voir avec moi. Ça me console un peu de voir que le problème, ce n'était pas moi. Et je me dis que tu t'en rendras bien compte un jour, toi aussi. »

Il baisse la tête, croise les mains derrière son dos. Dehors, ce ne sont pas des gamins qu'il entend, mais de jeunes hommes claquant les portières de leur voiture, se criant l'un à l'autre des saluts grossiers. Des jeunes gens à l'aise dans leur difformité. Longs bras, peau sale, barbe rare.

À l'époque, les voitures étaient énormes. On glissait les fesses sur des banquettes interminables pour se tasser. Quatre, parfois cinq enfants collés derrière sans qu'il soit question de s'attacher. Les oncles, les voisins conduisaient avec une bière entre les jambes, la cigarette à la bouche. Un bras de transmission sortait du volant, à droite. On roulait en milles à l'heure sur des chemins de terre.

Enfant, il rêvait qu'il conduisait. Il sautait dans une voiture et tout à coup, il savait la conduire.

« Tu n'as rien à dire.

— J'ai tout dit, je pense.

— C'est moi qui l'ai dit pour toi. Maintenant, on dirait que c'est à mon tour de parler.

— On dirait. »

Ils rient, s'embrassent, elle sort. Sitôt qu'elle est dehors, le vent la disperse.

L'auto noire de son oncle rappelait celle de Batman, avec ses ailerons arrière et ses phares allongés en forme de fusée. L'oncle fumait des Export A. Le garçon allait parfois les acheter pour lui et gardait la monnaie. L'allure qu'il devait avoir. Un gilet rayé, un short. Que pouvait-il avoir dans les pieds ? Tiens, oui, quelle sorte de souliers portaient-ils ? Son air fier en passant devant le voisin quand son oncle était en visite. *Un homme dans la maison, et qui fume. C'est mon oncle. Voici les cigarettes, c'est moi qui les ai achetées et maintenant je les lui porte.*

Ce voisin s'appelait peut-être Sylvain.

Un film en reprise à la télé : *La retraite de Russie*. Le personnage principal est un historien qui s'intéresse à la retraite de Russie. Ce sera la métaphore : les soldats napoléoniens, dans le désordre de la retraite, ont abandonné les plus faibles, les blessés, les mourants.

Après trente-trois ans de mariage, l'homme annonce à sa femme qu'il va la quitter. C'est l'histoire. La femme répond : « Tu n'as pas le droit. » On est un peu surpris de la façon dont elle mène le dialogue. Elle dit : « Tu ne peux pas décider comme ça que notre mariage est terminé. Tu ne m'as donné aucune chance de faire mieux, de réparer, tu es resté muet jusqu'à ce que ce soit irréparable. Et là, tu pars. C'est mon mariage aussi, tu ne peux pas le briser sans me consulter. » La femme dit : « Tu me fais la retraite de Russie, tu m'abandonnes, blessée, condamnée à mourir gelée. » Marie a sûrement déjà vu ce film.

Dans ces scénarios, l'homme a toujours le beau rôle. Il est plus intelligent, plus instruit, plus ambitieux. Ses aspirations sont étouffées par le couple alors que la femme se contenterait d'une vie amoureuse, d'une famille. L'homme est tiré vers l'extérieur, sollicité par un appel, il part vers quelque chose, alors que la femme ne tombe sur rien. À la base de tous ces scénarios, il y a cette erreur, un vice de forme et d'équilibre : l'homme est plus dense que sa partenaire. Il agit, elle réagit ; il avance et elle se défend. Les histoires seraient meilleures autrement, mais l'homme ignore comment.

Sur la vitre du salon, les reflets de la télé, mêlés aux gouttes de pluie, semblent former une image. Une sorte de condensation. On dirait le visage de Marie, appuyé contre la fenêtre, qui regarderait à l'intérieur.

# 7

Il mange de la salade de fruits qu'il achète dans de grands bocaux, boit du café fort, et cela lui tient lieu de déjeuner. La notaire, elle, debout depuis six heures, a déjà dîné. Il lui demande qui hériterait de sa nouvelle maison, en cas de décès. Sa mère, naturellement. Et puis, si la mère est décédée, les autres membres de la famille.

« Avez-vous des frères, des sœurs ?

— Deux sœurs.

— Ont-elles des enfants ? Vous avez sûrement une filleule, un filleul ? »

La notaire prend son café noir. Elle le regarde manger tout en préservant les papiers des éclaboussures. Elle n'attend pas longtemps ses réponses.

« Vous savez, beaucoup de personnes décident de léguer leurs biens à des œuvres de charité. Il y a bien une cause qui vous tient à cœur ?

— Une cause ?

— Le cancer, l'environnement, même un parti politique. Vous êtes sûrement un peu gauchiste. »

L'idée même d'une cause lui semble saugrenue, mais il refuse d'imaginer ses neveux magasinant avec l'argent de sa succession. Il ne se résout à rien.

« Bien sûr, vous pourriez tout laisser à votre ex-conjointe, mais d'ici un an, deux ans, vous ne ressentirez peut-être plus le même attachement... »

La notaire porte une jupe, des collants, des souliers noirs qui claquent un peu. Elle a une chaîne à son cou et ses ongles sont vernis, mais non colorés.

« Vous êtes distrait, là.

— Oui, je m'excuse.

— À quoi pensez-vous ?

— Comment se fait-il que vous soyez venue ici ? Ce n'est pas habituel, il me semble.

— Je voulais voir la maison. Et puis... je tenais à vous voir dedans.

— Et alors ?

— La dame avait raison. Il fallait vous céder cette maison. »

Les yeux de la notaire sont remplis d'intention. L'enfant seul n'est pas libéré du désir d'être choisi. Sur la photo, dans la maison, là, derrière cette fenêtre : un enfant dans son lit attend qu'on veuille de lui.

« Est-ce que je peux vous offrir autre chose ? »

Elle ne ferme ni ne baisse les yeux ; lui les plisse un peu, pour faire le doux. Il se penche plus qu'il ne faut sur les papiers indistincts. Son visage flotte au-dessus des mains de la notaire qui suit du doigt des lignes qu'elle ne voit plus. Elle a sous les yeux la tête de l'homme, ses cheveux, on dirait un animal attendant d'être caressé. Chacun évite à l'autre de poser le geste qui fait que bientôt le menton de la notaire est appuyé sur le front de l'homme, qu'elle porte dans sa paume la bouche de l'homme. Quand il lève la tête, la main et la tête de la notaire suivent le mouvement ; quand il quitte sa chaise, elle se lève. C'est la paume sur les lèvres, croira-t-il, ce toucher si cru, si vite, qui a déterminé le reste.

Plus tard, dehors, il marche serein. La haie de vieilles gens le salue. Le père de Bernard lui envoie la main ; il lui rend son salut. Il marchera jusqu'en ville, commandera un allongé, peut-être même une bière, et jouera à l'intellectuel dans un café.

On ne quitte pas une femme pour une autre. C'est une façon trop compliquée de tourner en rond. Et pourquoi se taper ententes financières et déménagements, si ce n'est pas pour être seul et apprendre quelque chose qui à deux nous échappait ? On ne quitte pas une fille parfaitement aimable pour en aimer une autre. D'où tient-il ces scénarios de croissance personnelle ? Reste contre son corps la sensation distincte d'avoir aimé. S'il pouvait être aussi bien, plus souvent ; s'il pouvait conserver dans le quotidien le calme de celui qui a joui.

La notaire portait un veston ; il le lui a enlevé. Lui-même n'en porte jamais. Elle a dit : « C'est vrai qu'on voudrait vous adopter. » Il a répété : « Ne vous gênez pas. »

« Est-ce la première fois que vous faites l'amour dans cette chambre ?

— Oui. (Il a menti.)

— Alors, c'est un honneur... (Elle aussi.) »

Au moment de partir, elle a glissé son soutien-gorge dans son porte-documents, parmi les papiers officiels.

« On n'a toujours pas réglé la question du testament.

— Il faudra donc que je ne meure pas.

— Tâchez de rester en vie, oui. Au moins le temps de me faire jouir une fois. »

On ne finit pas un amour pour en commencer un autre. On ne choisit pas la solitude pour la meubler aussitôt. Mais il n'est pas question d'amour, ni même d'avoir de la compagnie. Des paroles lui ont échappé, on se retourne à la table à côté. C'est à Marie qu'il s'explique, Marie qu'il a tout de même quittée. Elle avait dit *Si c'est pour te retrouver seul, je comprends.* Mais tient-il vraiment à être compris ? Il commande des moules qu'il mange avec appétit.

C'est presque la nuit quand il traverse à nouveau le quartier. Les vieilles gens sont rentrés et s'offrent au regard par les fenêtres éclairées. On se berce, on se traîne jusqu'à la champlure, on s'immobilise devant la télévision, debout au centre du salon. Un chat est endormi sur le bras d'un fauteuil, une femme se brosse les dents en le suivant des yeux, une autre reste absorbée par sa patience. Elle est assise à la table de cuisine, l'homme la voit par la porte moustiquaire, le screen.

Les maisons apparaissent pleines d'arborite et de verre taillé, de meubles en chrome et de tapis shag. On voit aux murs des casse-tête collés dans des cadres de faux bois, des images pieuses : un sacré-cœur et une Sainte Vierge. Dans les sous-sols pendent sans doute des images espagnoles peintes sur du velours noir et des voiliers faits de fils tendus sur des aiguilles.

L'homme ne trouve pas le sommeil, il bande. Des images de la notaire lui reviennent. Du poil noir, un peu dense mais taillé. Des yeux grands dont il oublie la couleur. Elle avait les lèvres molles, de petits os durs dans les bras, sur les hanches. Il n'a plus quinze ans, mais il est là, éveillé, excité, et pense à se préserver pour le retour de la notaire. Ce serait ridicule. Quand il se retrouve avec du sperme sur le dos de la main, il rit de ne plus être l'adolescent craignant d'être surpris ni le mari coupable de ne penser qu'à lui. Il se lève sans s'essuyer, traîne jusqu'au salon sa demi-érection pour se baigner dans la lumière des réverbères. Il erre encore un peu dans la maison vide, remonte, entre dans la chambre jaune. Son regard aussitôt se perd dans les motifs de la tapisserie. Sa voix emplit la pièce, mais il ne le sait pas. Il ne distingue plus ses paroles de ses pensées.

Les voisins le reconnaissent-ils ? Lui, il les a tous oubliés. Il est revenu vivre dans une maison qu'il n'arrive pas à habiter. Il gratte avec l'ongle, soulève un coin de tapisserie, tire un peu. Le photographe, comment peut-il l'avoir oublié ? Certains appareils avaient des flashs jetables, des cubes transparents qui tournaient automatiquement à chaque cliché; il se rappelle aussi les petites ampoules que l'on vissait dans des soucoupes argentées. Est-il si vieux ? L'idée même de ces objets choquerait la notaire. Artefacts, vieilleries, quantité d'appareils et d'outils, mais aucun être humain, personne dans ses souvenirs ne tient ces objets dans ses mains.

Derrière la tapisserie s'effrite une mince couche de plâtre. Il cogne un peu, de la poudre tombe, des flocons en se détachant découvrent des planches. Des lattes d'un vert éteint. Il se souvient d'un plafond recouvert de lattes, incliné au-dessus d'un lit où il n'a dormi qu'une fois, dans une autre maison, à la campagne, croit-il. Les phares des voitures suivaient les contours des murs et le sommeil ne venait pas. Encore une image dont il ne saurait faire usage.

Il porte ses doigts à sa bouche, s'assoit sur la chaise droite dans la chambre vide. Peut-être en effet les voisins sont-ils toujours les mêmes. À part ceux qui sont morts sous leur maison écrasée, les sinistrés, tout le monde est resté. Les filles aussi, donc. La blonde sur la photo, et d'autres aussi, elles seraient restées ici à ne pas vieillir, à se préserver. Il sourit. Elles l'attendaient ; il est revenu. Les jeunes voisines l'accueillent, leurs mères en robe à fleurs attendent leur tour, s'excitent en frottant l'émail de la cuisinière pour célébrer le retour du voisin prodigue. Il se fait rire. Il pense à sa mère, perdue dans des vêtements qu'on lui a donnés, l'interroger ne servirait à rien. Elle ne raconte plus que des histoires de sa propre enfance, bien avant l'arrivée du mari, la naissance du fils. Les années quarante, les dix enfants de sa famille, les plus vieux dans l'armée... L'homme ne rit plus.

Au téléphone, la notaire dit : « J'ai beaucoup aimé faire l'amour avec toi. J'aimerais ça revenir, recommencer. Lundi, si tu peux. » Il n'est pas question de testament ou de certificat d'inaptitude.

Elle a trente ans, environ. Avec ses allures de madame, ses bas à motifs, ses souliers, elle donne l'impression de sortir d'ailleurs, pas d'un catalogue, vraiment, pas vraiment de la télé. Elle semble issue d'un tout autre quartier, d'un autre univers dont les gens se croisent dans des bureaux, des halls, se retrouvent le soir dans quelque bar chic. Les hommes de ce réseau ne portent pas la barbe, ou alors elle est taillée. Leur garde-robe déborde d'habits, de chemises, de cravates. Pourquoi pense-t-il à cela ? Encore aujourd'hui, il se sent étranger aux femmes bien maquillées, aux hommes bien mis qui sentent bon. La notaire n'a pas la garde-robe des employées de l'État ni celle des travailleuses sociales ; elle a la beauté racée de l'entreprise privée.

Il se demande si sa cuisine et son salon sont des endroits convenables pour accueillir une telle femme. Ça prendrait des comptoirs propres, des éviers brillants, ça prendrait des serviettes et des draps qui sentent autre chose que l'homme égaré.

# 8

Une fois dans la maison, la notaire dit :
« C'est vrai que c'est humide, chez vous.

— C'est vrai ? Pourquoi "c'est vrai" ?

— Tu m'as pas déjà dit ça ?

—Je pense pas. Mais c'est humide, oui. »

Elle veut visiter toute la maison. Ils passent rapidement devant la chambre jaune, elle parcourt distraitement la bibliothèque. On dirait la visite d'une agente immobilière : le bruit des talons, le parfum échappé dans chacune des pièces. La notaire demande à voir la cave. Elle dit : « Je crois qu'il y a une partie plus ancienne » et trouve toute seule le coin de terre battue.

« La dame t'a même laissé une pelle.

— Elle m'a laissé tous les outils de son mari.

— Et quoi d'autre ?

— Rien. Des photos.

— J'aime les vieilles photos.

— Elles ne sont pas si vieilles.

— Qu'est-ce qu'il y a dessus ?

— Moi.

— Toi ? Je veux voir. »

C'est lui maintenant qui la suit alors qu'elle court dans l'escalier. Les photographies traînent encore dans la cuisine.

« T'étais vraiment un beau garçon. Les cheveux un peu longs, non ? C'est les années soixante-dix… Est-ce que c'était la mode pour les enfants aussi ? Regarde les autres gars. La plupart ont les cheveux courts, presque rasés. » On disait un coco, un coco-bol. On disait se faire bober les cheveux. L'homme regarde le doigt blanc, l'ongle brillant de la notaire glisser sur les visages d'enfants. « Mais toutes les filles les ont au moins jusqu'aux épaules. Tes sœurs… regarde. C'est drôle ! Tes cheveux sont plus longs sur la photo que les miens le sont maintenant. »

« Le bloc, c'est là que vous habitiez ? Tu sais, il n'a pas vraiment changé de main depuis le temps. Un des garçons en a hérité. Le plus jeune, tu dois t'en rappeler, c'était ton voisin d'en dessous, il devait avoir ton âge. T'en rappelles-tu ? Il doit être sur la photo, non ? Ton voisin d'en dessous… »

Il pose un doigt au hasard.

« Oui. Ça pourrait bien être lui.

— Tu le connais ?

— Sylvain Lamarche. Membre de la chambre de commerce. Il vit dans le quartier nord maintenant. C'est petit, Sherbrooke.

— Et tu es courant à propos du bloc et tout...

— Les notaires, ça fouille. »

Et, en effet, elle passe sa main sous la chemise de l'homme. Elle gratte un peu, appuie la paume sur son torse puis le pousse doucement contre les armoires. L'homme n'hésitera pas. Il soulève la jupe de la notaire, attrape la jambe qui plie déjà. D'où vient qu'il sache comment faire, lui d'habitude si gourd, souvent si maladroit ?

Assise sur le bord du trottoir, pas très loin d'ici, une fille lui a déjà dit *C'est drôle, t'as des trous partout.* Et si on regardait, oui, c'était vrai. Des trous aux genoux, sur le manteau (aux coudes, probablement, il ne sait plus), des trous même à ses bottines, en avant, deux larges fentes à la pointe des pieds. Quand il courait, ses bas descendaient et sortaient par ces trous. Les pieds semblaient alors tirer la langue. Voilà ce qu'il portait à dix ans : des imitations de bottes de travail, sans cap d'acier. Malgré les trous, malgré la manifeste pauvreté, la fille l'avait embrassé, mais il avait compris que ç'avait été un peu juste.

Il a toujours désiré la présentatrice de nouvelles, la gérante, la représentante des ventes. Atteindre une de ces femmes très bien mises serait déjà sortir de soi. « J'aurai au moins accompli cela, se dit-il, j'aurai baisé une madame. » Personne ne dira qu'il n'avance pas.

Et puis quelque chose d'imprévu : ce n'est pas la gaucherie, une vulgarité, c'est l'indécence d'une élégante quand elle est dépeignée. Le genou cassé, la cheville tordue dans les bas foncés. La notaire est une garçonne. Une féminité qui pourrait aussi être celle d'un adolescent.

Marie avait le corps d'une amie.

La notaire revient le mercredi puis encore le vendredi. Elle s'invite sans vérifier si elle dérange, arrive légère, toute à ses envies de femme arrangée chaque fois comme un bonbon enveloppé, serrée dans une enveloppe douce et lustrée qu'il se dépêche de froisser. Une coiffure à défaire, une jupe à friper, des tissus à retirer pour atteindre le sucre dur. Un petit goût sur la langue même si rien ne fond. La notaire veut baiser dans le salon, dans la cuisine ;

elle veut baiser dans la pièce vide du haut et même dans la cave. Pour ça, elle est revenue durant la fin de semaine. Expressément pour ça. Au téléphone, elle lui a dit : « On baise dans la cave, demain. » Et soudain, il n'y avait plus rien à l'agenda, aucun autre projet. La notaire viendrait et ils baiseraient. De toute la semaine, l'homme n'a pas pensé ; rien d'autre que le souvenir, le désir et le projet de baiser. Il lui a fait ouvrir les jambes sur l'établi ; elle a demandé à voir tomber son sperme sur la terre battue. On ne demande pas ces choses-là à quelqu'un qu'on connaît. Et il l'a fait jouir. De cela, il n'avait jamais douté.

La première fois qu'il n'a pas dit à Marie *Fais-moi une pipe ;* la première fois qu'il a voulu ou n'a pas voulu baiser comme ceci ou comme cela et n'a pas osé le dire ; la première fois qu'il a trouvé chez elle quelque chose qui l'irritait, dans le son de sa voix, dans une manie de ménage… à chaque première fois il aurait dû parler, ou rattraper plus tard, ne pas laisser s'accumuler les silences. L'eau qui coule est la plus claire. L'air qui circule est le plus pur. Tout a été dit dans les émissions de l'après-midi.

La notaire pesait à pleine main à la base de ses reins tandis que de l'autre elle le masturbait. Penché un peu, il regardait le pénis et la terre derrière, sombre et humide, parcourue d'élans organiques dont témoignaient les champignons. Son pantalon rabattu lui rappelait encore quelque chose, des événements d'enfants. Les genoux à l'air, le pantalon sur la terre... mais il n'était pas en position de sonder sa mémoire.

Ce genre de jeu serait encore possible avec Marie, mais il a cessé d'essayer. Au premier malaise, au premier doute, il aurait dû parler, garder neuve leur histoire, la nettoyer. Peut-être aurait-il dû écouter la télé avec elle l'après-midi, puis couper le son et amorcer une discussion à propos de l'intervention du psychologue de service.

La notaire vous embrasse en vous regardant, vous mange la bouche, met ses mains sur vos oreilles, les bras comme des ornières, pour qu'il n'y ait plus rien, qu'il n'y ait pas d'autre chemin que de rentrer en elle. Parfois, l'homme se rebiffe. Il prend à pleines mains la tête de la femme, déplace son visage. Alors, dans le regard arraché de la notaire, il lui arrive de surprendre une panique qui bientôt se transforme en désir. La notaire n'a pas l'habitude de l'abandon.

Le sourire de la notaire quand il lui dit : « La prochaine fois, j'éjacule dans ton porte-documents. »

Marie accepterait encore de tout entendre. C'est lui qui a démissionné. Tous les moments où il a choisi de ne pas s'expliquer. Se taire au lieu de se faire disputer, mentir au lieu de décevoir... Marie aurait tout écouté, puis elle aurait parlé. Mais il ne voulait plus l'entendre non plus.

Cette absence de pudeur, maintenant. Sa facilité à se tenir couché sur le dos, tout ouvert, bien écarté, silencieux. On dit : abandonné. Un enfant à langer. « Les autres ne font pas ça », disent les femmes, dit la notaire, les autres hommes sont plus raides, plus cachés. Lui s'étend comme s'il avait droit à tout et n'avait peur de rien. C'est l'état un peu bébé de l'amour débutant. Mais ce n'est pas l'amour, ce n'est le début de rien.

« Quoi ?

— Rien. Je pensais. Je pense tout haut, des fois »

Dans l'ancienne maison, déjà, des mots sortaient de lui. On aurait dit qu'une conversation se tenait ailleurs et que des bribes soudain s'en échappaient par sa bouche. Des affirmations fermes, des imprécations dépourvues de contexte. Au milieu de la vaisselle, par exemple, il pouvait tout à coup s'entendre dire *C'est pas ça* ou *Regarde, laisse faire*, sans savoir ce qui n'était pas ça, ce qu'il fallait laisser faire. Marie disait *Tu ne parles plus qu'à toi-même.* C'est peut-être pour entendre ces conversations, finalement, pour savoir ce qui occupait ses pensées, qu'il s'est isolé.

Isolé, le mot ferait rire Marie.

La notaire caresse la poitrine de l'homme, là où il y a le plus de poils blancs.

« Qu'est-ce que tu vas faire avec ce corps-là ?

— Quand ?

— Avec le testament, d'habitude, les gens prennent leurs dispositions. Pour le corps, après la mort. »

Sa main traîne maintenant sur la gorge, dans la jeune barbe de l'homme.

« Faut vraiment penser à ça ?

— Les gens le font. »

La notaire ne croit-elle qu'aux transactions ? Ce que l'on donne et prend en posant le minimum de questions. L'homme cédera l'ensemble de ses biens à son plus proche survivant. L'idée le fait rire un peu. Tous ceux qui lui survivront, se dit-il, seront distants d'égale façon.

« Qu'est-ce que tu vas faire avec ce corps-là ? »

À la voir se rouler dans la chambre, dans la cave, dans le salon, on dirait que la notaire fait l'amour avec la maison.

# 9

L'homme n'imagine pas la notaire hors de chez lui. Il ne l'imagine pas assise à sa table de travail, compulsant des dossiers, imitant des signatures. L'homme ne s'intéresse pas à la vie de la notaire sans lui. Et c'est bien ; la notaire préfère qu'il en soit ainsi.

Le vieil homme assis devant elle n'ose pas parler. Ses mains longues tremblent sur ses jambes croisées. Le pantalon est trop court, le tissu est laid. Ses ongles n'ont pas été coupés. La femme à son côté parle sans arrêt. Ses ongles à elle, ses bagues et ses bracelets martèlent la table. Cette femme-là ne manque de rien, sauf de temps. « À peine les enfants sont-ils devenus adultes – et encore, ce n'est pas plus simple ! – il faut que nos parents retombent en enfance. Et avec le travail… »

La notaire l'interrompt : « Je dois parler à votre père, seul.

— Vraiment ?

— C'est la loi. »

La notaire ment. La femme sort, alarmée, et commence à tourner en rond dans la salle d'attente. Le vieil homme lève les yeux vers la belle étrangère dans le bureau soudain silencieux.

L'homme n'imagine pas la notaire accueillant les confidences d'un vieillard mal habillé. Absorbé, il ne cesse de visiter sa maison. Il s'étonne aujourd'hui que l'ancien occupant ne se soit jamais débarrassé des clous tordus et des crochets rouillés accumulés dans sa cave. Il s'étonne des innombrables façons dont on pouvait plier et assembler le métal pour en faire les ferrures les plus improbables, puis se perd dans la contemplation de ces petits objets dont l'existence n'est menacée que par la perte ou l'oubli.

Qu'était-il venu chercher dans la cave, au juste ? Un grattoir qui lui permettrait d'enlever la tapisserie pour atteindre plus vite les lattes dans la chambre du haut. Et des pinces, aussi, pour arracher quelques clous à la plinthe. Mais il a oublié et s'égare dans le barda poussiéreux de l'homme mort.

Au-dessus de l'établi, une infinité de boîtes organisent boulons, crochets, ancrages, etc. Plus haut et sur le mur de droite, des pinces, des clés, des lames et des outils légers sont suspendus à des clous. Un étau est fixé à l'établi. Le tiroir en dessous semble coincé. Une épaisse couche de peinture vert forêt l'empêche de glisser. L'homme s'y prend à deux mains, tire plus fort. Un crayon roule quand le tiroir cède enfin. Parmi l'accumulation vague du fond – sciure, poussière de plomb, coupons de caisse... –, l'homme trouve une vieille photo. Un jeune garçon y pose aux pieds d'un homme. L'image est surexposée, les traits sont noyés dans la lumière grise au point d'être méconnaissables. Deux détails sont visibles : l'adulte porte des lunettes de corne ; le garçon, un maillot de bain foncé.

Dans l'ancienne maison, l'homme a trouvé Marie époussetant des étagères vides, de longues tablettes blanches qui auparavant contenaient les livres. Elle a dit : « Je pensais que tu voulais être seul, n'avoir personne. Ou bien c'est raté, ou bien c'était pas vrai. » Elle est déçue. Il faudrait que ce soit clair : qu'il ne l'aime plus et en aime une autre, ou alors qu'il n'aime personne, ne veuille personne dans sa vie. N'importe quoi, mais pas ça : une femme qui va et vient régulièrement.

« Vous êtes ensemble, non ?

— Non. On ne sort pas. On n'ira pas au cinéma, par exemple, ou au restaurant.

— Vous baisez, c'est tout.

— C'est ça.

— Qu'est-ce qu'elle veut, cette fille-là ?

— Baiser.

— Penses-tu vraiment que c'est si simple ? »

Pour pouvoir répondre, il aurait fallu qu'il pense.

En rangeant la nouvelle photographie avec les autres, l'homme s'arrête à nouveau sur la photo de groupe. Une dizaine d'enfants. Lui, le blond avec les cheveux longs ; les autres, autour, inconnus. Pas tout à fait. Bernard, c'est bien celui-là. Et Sylvain, le fils du propriétaire, c'est le maigrelet avec le chandail rayé. Oui. Ce chandail était jaune et brun. Voilà. Quand on s'y met. Certaines filles resteront pour toujours oubliées, sans doute parce qu'elles ne comptaient pas, qu'elles étaient de passage ce jour-là. Les cousines d'un voisin, par exemple. Mais cette fille-là, avec les lulus, et celle-ci, qui apparaît aussi sur l'autre photo, il pourrait se la rappeler. Ce ne serait pas si compliqué, et probablement l'activité la plus intéressante de la journée. Nathalie, sans doute une Nathalie. Peut-être une Chantal.

Sa mère au téléphone demande à parler à l'homme qui parfois vient la voir. Il répond que c'est lui, l'homme, son fils, le plus jeune. Elle n'en est pas sûre. Elle sait seulement qu'à ce numéro répond un homme poli qui lui rend de petites visites, parfois l'emmène faire des courses. Son fils, elle se le rappelle bien, c'est un petit blond qui n'a rien à voir avec le monsieur guindé qui l'emmène chez le médecin et discute pour elle avec les pharmaciens. Elle voudrait le voir demain, ce monsieur, et qu'il l'emmène marcher un peu. Son fils, c'était avant, avant la maladie, avant même le vieillissement.

Après avoir raccroché, il reste une heure assis dans le salon. La notaire tarde à appeler. La maison fuit, elle perd de sa chaleur. Dehors, des enfants jouent au ballon. Sa mère vient de le disputer, il s'est chicané avec une de ses sœurs, ou alors il boude. Peut-être est-il puni. Des enfants qu'il ne connaît pas, dehors, font les bruits du jeu. Attendre, être tendu. S'il sortait ? Il serait bon au ballon, il serait fin avec les filles. C'est ce qu'il fait de mieux, répondre au désir. L'homme imagine la notaire courant vers lui, se collant à lui pour colmater les brèches.

Il monte mollement vers la chambre jaune, tire sur la tapisserie, gratte mollement le plâtre pour dégager les lattes. Il ne faut pas entendre la voix de Marie qui lui demanderait ce qu'il est en train de faire, ne pas penser à la notaire qui lui parlerait de la valeur de la maison. Il gratte sans autre but que d'occuper ses mains, bouger son corps tandis qu'il parle, pense, ou quelque chose d'approchant.

Marie voulait comprendre. Les faits s'accumulent, mais aucune conclusion ne s'en dégage. Elle a dit : « Des fois, tu m'aimes. » Il ne l'a pas contredite. Comment savoir ? Il n'aimera jamais la notaire et croit que le désir s'épuisera.

Marie a dit : « Quand le frigidaire arrête, on le sait. Quand un char, quand la télé, quand n'importe quelle patente arrête, on le sait. Si t'avais arrêté de m'aimer, on s'en serait rendu compte.

— Quand le vent tombe, on le sait pas tout de suite.

— Si t'as envie d'aimer, crisse, s'il t'en reste, de l'amour à donner, je suis là. J'ai tout ce qu'il faut.

— Mais ça ne me tente pas d'aimer.

— Qu'est-ce tu fais, d'abord ? »

Pourquoi se retrouve-t-on encore dans une histoire d'amour ? L'homme prétend s'occuper de femmes alors que même ses meubles lui semblent étrangers. Une mousse blanche s'est formée sur la terre battue de la cave là où son sperme est tombé.

Marie a dit : « Tu as six ans. Quelqu'un te veut, tu es content. Et c'est tout ce que tu souhaites, être voulu. Tu ne te demandes même pas si c'est ce que tu veux, toi. » Elle arrive parfois à dépasser la rancœur, mais pas toujours.

« Si on t'a choisi, tu perds tes moyens. Il faut que tu cèdes, toujours. On te demande et tu viens. Même si tu devrais être ailleurs, même si ce n'est pas bon pour toi. Être voulu, c'est tout ce que tu veux. Une fois qu'on t'a eu, tu ne te forces même plus. Est-ce qu'elle le sait, ça, ta notaire ? »

C'est un peu sa voix et un peu celle de Marie que lui renvoient les fenêtres du salon, le mur tapissé, les poutres et les pierres de la cave. Ce sont toujours les mêmes réflexions que le corps, nu ou habillé, sec ou mouillé, échange avec la maison.

Photographier, classer, cataloguer. Cela s'appelle archiver, faire œuvre de mémorialiste... de chroniqueur, à tout le moins. Faits et gestes, lieux et jeux d'enfants d'un quartier ouvrier d'une ville de province. Photographier, cataloguer, archiver. Cela pourrait s'appeler aussi espionner. Chaque enfant dans chacune des maisons… ou alors surtout lui, le blond de la maison aux galeries blanches. Sur la photo trouvée dans la cave, encore, n'est-ce pas lui ?

Lui, ses sœurs, ses voisins, tous les gamins de la rue ont posé pour l'homme qui traînait un appareil photo. Il y a de cela trente ans. Trente-cinq, peut-être. L'homme devait en avoir cinquante, ou quarante, ou soixante. Quand on est enfant, on ne voit pas la différence.

Un soir, les Ice Capades sont venus à Sherbrooke. L'entrée serait à moitié prix pour les enfants accompagnés de leurs parents. Il avait réussi à amasser l'argent, mais la mère n'irait pas. Alors il s'était tenu dans le grand stationnement du Palais des sports pour demander aux hommes qui entraient s'ils voulaient bien faire son père, le temps de passer au guichet. Un jeune homme lui avait dit *Je suis trop jeune, ça marchera jamais.* Il avait quoi ? Une vingtaine d'années ? « La moitié de ton âge. »

Celui qui prenait les photos était un vieil adulte, pas un grand gars, pas un de ces jeunes hommes aux favoris épais, aux pantalons à pattes d'éléphant, pas un grand fendant en jeans délavés et trop serrés.

Une gang de grands gars derrière une haie de cèdres se passent un sac transparent qu'ils reniflent à tour de rôle. Il dit *De la pisse.* On lui répond *Du remover.* Ils portent des pantalons à carreaux qui semblaient très longs. Un collet en mouton sur un manteau de cuir, des cheveux, de la barbe. Un quartier malsain.

Que pensait le photographe de ces jeunes énervés ? Quelle portion de vie, combien d'événements ont échappé à l'attention du petit garçon ?

Quand le vieil homme a fini de parler, la notaire lui prend les mains.

« Je vais dire à votre fille de vous faire couper les ongles. Vous devez pas aimer ça, les ongles longs, c'est accrochant. »

L'homme marmonne. La notaire comprend. « C'est bien beau sur une femme, c'est vrai, mais vous êtes pas une femme, vous. » Elle se lève pour aller chercher la femme qui attend depuis plus d'une heure. La notaire expédie ses autres rendez-vous, elle court presque, monte dans sa voiture et trouve l'homme nu au centre de sa maison, doux comme le centre mou d'un bonbon. Elle mangerait tout, mais elle commence par le tendre. Elle atteint l'homme et le touche, lui met la main sur le ventre, le torse, la hanche… et sous les globes allumés, dans la lumière trop blanche de la maison trop éclairée, tranquillement s'installe l'idée que ça ira, ce bonheur-là, qu'on s'en accommodera.

La notaire a pleuré cette nuit, douce-ment, sans secousses ni tremblements. Parfois, en jouissant, les femmes pleurent. L'homme le sait depuis longtemps et ne s'en effraie plus. Plus jeune, il cessait toute activité, se confondait en excuses, se perdait ensuite dans des préventions qui gâchaient tout.

« Ça m'arrive souvent, je suis désolée.

— Ne sois pas désolée. »

Il est un peu déçu d'apprendre que c'est fréquent.

« Quand même… C'était pas sup-posé. »

La notaire est partie pendant la nuit. Sans doute a-t-elle un peu dormi.

# 10

L'homme serait bien incapable de dire ce qu'il a fait de sa journée. Il a passé une demi-heure dans les allées d'un supermarché au bras d'une personne âgée qu'il a aidée à choisir entre deux sortes de lait et trois marques de jus. Elle le regardait parfois comme une femme qui étrenne un amant. Plus tard, elle l'a traité comme un fonctionnaire indolent qui méritait d'être semoncé. Une heure à s'occuper de sa mère, ça ne remplit pas une journée.

Il devait attendre la nuit, qu'il fasse noir et que la lumière éclaire l'intérieur des maisons. Il se retrouve rapidement devant l'édifice où il a grandi. Tout est éteint au rez-de-chaussée. En haut, une lumière est allumée sur le balcon, une autre dans le corridor. Une seule fenêtre illuminée sur le côté : la salle de bain. Il se rappelle bien. Ici, le corridor, et là, la salle de bain. L'appartement pourrait bien être vide. Rien ne justifierait qu'il regarde plus longtemps.

L'édifice voisin est une petite maison blanche, unifamiliale, recouverte de clins de vinyle. À l'arrière, un aménagement élaboré avec une Sainte Vierge dans une baignoire et quelques fleurs de plastique encombrait la cour. Impossible de jouer là, même traverser la cour était compliqué. Qui vivait dans cette maison ? Personne : des vieux. Maintenant, des pauvres s'y entassent, bruyants, toutes lumières allumées. Bientôt la maison s'effondrera sur eux.

La rue est déserte, l'homme promène un regard lent sur les façades des maisons fermées, pose un œil sur sa montre : le temps ne semble pas avancer.

Pendant la journée, la rue est mono-polisée par de jeunes adultes. Ils circulent sans arrêt, allant et venant entre leur vieille voiture et des appartements manifeste-ment délabrés. Ce ne sont pas les belles voitures de certains de ses étudiants, non, plutôt de vieilles américaines trop longues, trop carrées, bruyantes et décolorées. Quelqu'un vend de la drogue dans le coin. Certains clients ne prennent pas la peine d'éteindre la radio d'auto lorsqu'ils descendent une minute pour leur transaction.

Son regard s'est arrêté sur ses pieds, qui avancent à peine. Voilà cinq minutes qu'il songe aux habitants du quartier. Rien de valable. Le mot étudiant rappelle le collège et les collègues. Encore des pensées perdues. Pourtant, si Marie arrivait là, à l'instant, si elle se mettait à parler, il en serait irrité. Elle parlait tant qu'il se croyait toujours interrompu à la veille d'un moment important. L'homme a des intérêts, c'est ce qu'il a toujours cru. L'homme contient en lui les promesses d'un projet. Mais non, rien n'arrive à l'homme lorsqu'on le laisse tranquille. Ce n'est pas à quarante ans qu'il va entreprendre quelque chose de grand. Tout de même, quitter un amour pour retourner à l'enfance, c'est peut-être un peu morbide.

Personne n'est assis dans le salon chez Bernard. Il y a bien un verre sur une table, une télé allumée, mais le fauteuil est vide. Des bruits viennent de la cuisine. La porte moustiquaire, sur le côté de la maison, laisse sortir le son et la lumière. On entend deux voix de femmes, des bruits de vaisselle, de meubles qu'on bouscule, les rires d'au moins deux hommes. Des papillons et des mouches se bousculent devant le carré éclairé.

Des mots parviennent jusqu'à l'homme, des noms : « Sylvain, lui… » ; « On savait déjà… » Une conversation joyeuse, un peu inquiétante. Un repaire de bandits, un bureau de comptables ivres.

L'entrée, assez profonde, n'est pas asphaltée. Deux voitures y sont alignées, la deuxième est stationnée devant la porte illuminée, sous le toit incliné. On disait car-port. On disait driveway pour distinguer cette entrée de celle de la maison, même si le mot s'appliquait mieux aux allées goudronnées. Le sol n'est pas recouvert de concassé. C'est de la poussière, un mélange de sable, de poudre de roche et de cailloux dépareillés agglutinés sous la pression de la pluie et le poids des machines. Combien de temps peut-il rester là, immobile, à réfléchir à un driveway, au mot driveway et aux différentes et fautives façons de le prononcer ?

D'autres bribes se rendent jusqu'à lui : « Madame morte dans la rue. » Madame, c'est le nom d'une chatte qu'il a eue. Pourquoi en parlent-ils ? Le fragment restera pour toujours inexpliqué s'il ne se décide pas à avancer vers sa source. Il pourrait se cacher, se glisser dans l'allée, il pourrait atteindre la porte de la cuisine et écouter.

C'est le jeu d'un enfant. Adossé à la voiture, accroupi, les fesses sur les talons, on se déplace de côté, silencieux. C'est un jeu de guerre, de mission secrète, de camouflage. Si on tient un bâton de hockey, alors c'est un fusil; si on porte une casquette, on en baisse la visière et personne ne nous voit.

Ceux qui sont là doivent secouer leurs cigarettes dans des cendriers de verre taillé; ils doivent boire du Coke ou du Fanta ou de cette liqueur qu'un camion venait livrer dans des caisses, avec des chips et des petits gâteaux. Les hommes tètent des bières en forme de mamelon. Il approche, atteint la deuxième voiture, les voix se clarifient, des phrases complètes lui parviennent : « On pensait jamais qu'il reviendrait. » L'enfant part à courir, s'enfuit, serrant contre son ventre le drapeau volé à l'ennemi.

Il retourne chez lui à grands pas. Sa chatte, ses amis d'enfance, son retour : on parlait de lui dans la maison de Bernard. Il marche vite, il souffle, et l'air épais qui sort de sa bouche contient des paroles désordonnées qui s'accrochent au brouillard, forment dans la brume des dessins blanchâtres qui bientôt se disperseront.

En entrant, il écoute le message de la notaire sur la boîte vocale. Elle voudrait venir, ce soir. Une demi-heure plus tard, elle est là et ils s'étendent au salon.

La position des corps : il est calé dans le coin, un genou appuyé sur le dos du divan, un pied par terre. Elle est couchée entre ses jambes, la tête sur son torse, les pieds déchaussés posés sur des coussins. Elle garde dans sa main la coupe de vin rouge, il dépose la sienne sur le plancher quand il se met à parler :

« J'ai pris une marche tantôt. Dans une maison, celle qui est devant la mienne, enfin… devant le bloc où j'habitais, j'ai entendu des voix, des voix que je reconnaissais. »

La notaire n'écoute pas vraiment l'homme qui décline à voix haute des pensées qui ne lui sont pas destinées. Elle aime le coffre sous la clavicule, les vibrations du corps contre son oreille alors que sa tête repose dans la chaleur de l'homme. Rien de ce qu'il dit ne l'intéresse, mais elle se laisserait volontiers couler dans cette douceur.

« Allez. Viens là. »

Elle se retourne, monte sur lui, le prend dans ses bras, et chacun sait comment ça va finir. Elle colle ses mains sur ses oreilles, tient droite sa tête, pour l'obliger à garder ses yeux dans les siens jusqu'à ce qu'il la pénètre, et alors il n'y aura pas de fantaisie, pas de tournage autour du pot, pas de guidis. Il devra s'activer ainsi jusqu'à ce qu'elle ait joui. Ce n'est pas ce qu'il préfère.

L'homme accepte un moment le jeu, surtout les baisers, surtout le regard dans les yeux, puis soudain se retire. La notaire reste à genoux sur le divan, penchée, les mains sur les cuisses, et c'est presque les sourcils noirs, c'est presque le front plissé qui rappellent à l'ordre l'homme qui est déjà debout. Il lui demande de se lever, la guide dans la noirceur jusqu'à l'étage pour la rouler en boule sur le plancher du corridor. Il reste accroupi à ses côtés, soulève ses jambes sans raison, sans entrer en elle, sans même trop la toucher. Elle a bu. Il peut la retourner sur le ventre, lui faire cambrer le dos et encore ne pas la caresser, pas tout de suite. L'homme aime bien le jeu de la notaire sans volonté.

Cette femme aime le contrôle, mais il ne faut pas la laisser s'ennuyer. En échange du corps chaud, elle accepte de s'abandonner. Ça n'était pas prévu. La notaire n'avait pas prévu que l'homme jouerait avec elle, mais ça ne durera pas.

Un jour, il ne pourra plus la surprendre, alors ce sera fini. « T'aimes vraiment ça, baiser, toi.

— Tout le monde aime ça, non ?

— Non. Pas comme ça. Qu'est-ce que les femmes disent sur ton corps, habituellement ?

— Rien. Je ne sais pas.

— Elle ne disent pas à quel point t'es chaud, rond ?

— Ça ne fait pas longtemps que je suis rond. J'aime pas entendre ça.

— T'es confortable. Tu sais ça ?

— On me l'a dit. »

Il a toujours pensé faire du bien à celles qu'il baise. Les femmes pleurent aisément en présence des enfants.

# 11

« On appelait sheds les remises. Les cabanes à vidanges étaient juste assez grandes pour contenir deux ou trois corps-à-vidanges, gros barils de métal que les vidangeurs roulaient jusqu'au chemin avant de les vider dans le truck. Les vidangeurs portaient des gants de travail, noirs à force d'avoir frotté.

« On pouvait se cacher dans les cabanes à vidanges. Il fallait se glisser entre les barils. L'été, la puanteur ne nous chassait pas et on pouvait rester là longtemps, sans bouger, sous la chaleur du toit de tôle, dans l'odeur brune des épluchures, à attendre que celui qui compte nous trouve. Mais c'était une mauvaise cachette : impossible de partir à courir quand on était découvert.

« Était-ce typique des années soixante-dix ? Était-ce ainsi pour tout le monde, ou seulement pour nous, dans le quartier

pauvre ? Les entrées n'étaient pas asphal-
tées, les cours n'étaient pas aménagées,
pas de fleurs, pas de gazon bien tondu.
Nous courions dans la poussière parmi les
voitures en réparation. Les adultes étaient
très jeunes et ne nous parlaient jamais.

« Les sheds étaient faites en planches,
parfois recouvertes de papier brique. On
pouvait entrer dans la plupart, malgré le
gros cadenas protégé de la pluie par une
bande de cuir. On grattait la terre et on se
glissait sous le mur, comme des marmottes,
et bientôt on était à l'intérieur, attendant
que nos yeux s'habituent à la pénombre.
La poussière en suspension, les rayons de
lumière, les clous qui sortent de partout. La
shed était un refuge de luxe. Les genoux
d'une fille appuyés sur la cuve d'une
laveuse, dans un coin de la shed. Le short
beige, la culotte bleue tassée autour des
chevilles. Accroupie, la fille presse contre
son ventre sa chemise jaune pour montrer
au petit garçon les poils qui commencent à
pousser. Les autres enfants nous cherchent,
des adultes parfois nous surprennent. »

L'homme essaie de localiser la shed du
souvenir. À partir de chez lui, on traversait
la rue, puis il fallait dévaler le terrain en
pente. On sautait des clôtures, on traversait
des potagers, des stationnements…

On aboutissait à peu près ici, donc. Tout près de sa maison, peut-être dans sa cour. Il sort pour vérifier. Le gazon gras, la clôture neuve, que pourrait-on voir ici qui aurait survécu trente ans ? Un arbre. Qui se rappelle les arbres des voisins ? Un point de vue, un angle. Suivant l'arrière des autres maisons, il reconstitue le chemin. Cette cour, la sienne maintenant, faisait bien partie de leurs jeux. Et la chemise dont il se souvient, le short, les poils... ils devaient appartenir à la fille de la photo, la petite blonde avec des lulus. Il imagine la revoir, maintenant, il la revoit lui souriant. Mais ce sourire est celui de la photographie.

Il entend par la fenêtre ouverte le téléphone sonner. Il court. C'est Marie, qu'il n'a pas vue depuis quelque temps. Elle demande si elle peut venir. On ne se refuse pas à ceux qui nous désirent. L'homme reste assis longtemps à côté du téléphone raccroché. Marie entre lentement, atteint difficilement le centre de la cuisine, dépose son chandail sur le dossier d'une chaise, dépose son sac sur le bout de la table. Elle regarde le désordre autour d'elle. Devrait-elle s'inquiéter de l'atmosphère glauque créée par la vaisselle, la lessive, les papiers éparpillés ?

« Si tu savais, dit-elle, comment c'est en ordre à la maison depuis que tu es parti.

— Sans doute. »

Elle regrette déjà d'avoir parlé.

« Vas-tu passer tes vacances ici ? Qu'est-ce que tu fais de tes journées ?

— Je ne sais pas… Les journées passent toutes seules. Je ne les vois pas vraiment. J'écoute la télé, mais il n'y a rien… Je suis dans la lune, souvent.

— Tu baises la notaire.

— Oui, mais ça ne remplit pas les journées.

— Comment va ta mère ?

— Toujours pareil. Tu sais, j'ai déjà joué ici, je pense. Dans la cour.

— Quand tu étais petit ?

— Oui.

— Ça arrive que les enfants jouent dans les cours. Je peux m'asseoir ?

— Oui, vas-y. Je commence à replacer les enfants sur les photos. La petite blonde… »

Marie l'interrompt :

« Regarde : je t'ai appelé, je suis venue, j'ai demandé à m'asseoir. Maintenant, il faudrait que tu me demandes ce qui m'amène.

— Tu sais, moi, la politesse…

— C'est plus que ça, là.

— C'est quoi ?

— S'intéresser à moi.

— Qu'est-ce qui t'amène, Marie ? »

Le ton est presque moqueur. Peu importe, elle doit parler.

L'homme ouvre ce qu'il appelle le tiroir des affaires de filles. Tout ce qu'il entend y tombera, comme aux oubliettes, comme au feu, oublié à mesure qu'il l'entend.

Marie n'espérait rien. Elle a abandonné depuis longtemps l'espoir d'être un peu écoutée. Elle avait besoin de parler, c'est fait. Elle peut retourner à sa défaite, maintenant, trop habituée à la paresse de l'homme pour en concevoir une rancœur nouvelle. Mais c'est bien fini, voilà ce qu'elle se dit, on ne l'y reprendra plus.

Elle referme la maison sur l'homme qui baigne dans la lumière de ses plafonniers. À peine est-elle dans la cour qu'il y a plus d'air que de chair à l'endroit où elle semble se tenir ; déjà, sur le trottoir, la voilà fondue au noir.

L'homme contemple la surface blanche du plafond, content de susciter le désir des femmes. Il n'aurait qu'à rester là. Il resterait là et elles se succéderaient, venant vers lui pour manifester leur désir ou leur jalousie qui n'est, en définitive, qu'une autre manifestation de leur désir.

Dans le bain lui viennent de nouveaux souvenirs :

« On ramassait des bouteilles. Dans les fossés, les buissons, sur le bord des trottoirs, partout où on regardait, on pouvait trouver des bouteilles vides, des bouteilles de bière, des grosses, des petites, des bouteilles de liqueur en verre. Une activité de gars sérieux. On vendait les bouteilles à l'accommodation. On ne disait pas dépanneur, encore. »

S'il pouvait donner un cours sur lui, il le ferait. Il arpente la maison en pointant par les fenêtres les secrets du quartier. Sans avoir pris la peine de se sécher ou de s'habiller, il marche dans le salon, dans l'escalier, dans le corridor, parlant seul, à voix haute, obnubilé par les détails de son passé.

« Dans certains dépanneurs, on pouvait demander les bouchons. Après les machines à liqueur, les gros réfrigérateurs couchés au centre des accommodations, il y avait un décapsuleur, et un contenant, en dessous, qui recevait les bouchons des bouteilles qu'on ouvrait là, sur le gros frigidaire de Coke, en plein milieu de la place. Certains commerçants nous laissaient prendre les bouchons; d'autres les gardaient. » Les autres garçons négociaient, lui, il osait à peine parler aux hommes derrière le comptoir.

Il est encore nu quand il ouvre la porte à la notaire. Il poursuit son histoire là où il était rendu ; elle le laisse parler, fouille dans le frigo, s'ouvre une bière. Un quadragénaire nu et bedonnant marche devant elle en professant.

Il y a une heure à peine, elle était au chevet d'une vieille dame aux os friables qui encore une fois était tombée. Elle voulait que la notaire lui relise ses dernières volontés, comme une histoire qui endort, la belle histoire de ce qui arrivera après sa mort. La notaire a pris sa voix douce et forte et a lu le testament. Assommée par les antidouleurs, la vieille ne comprenait rien, mais au rythme, aux quelques noms qu'elle distinguait, elle reconnaissait la dictée qu'elle-même avait faite, un jour de grande résolution. À peine le temps de passer chez elle, de prendre une douche, et voilà la notaire devant celui qui ne cesse de s'émerveiller d'avoir été un enfant.

Les lieux réveillent les souvenirs, mais faut-il se laisser faire, s'y complaire ? Qu'est-ce qui disparaît, vraiment, avec le temps ? La notaire voudrait savoir. Elle aussi aurait des souvenirs. Des amies d'école, des fous rires, un cahier secret. La notaire pourrait se laisser entraîner et raconter à son tour des manies de petite fille. L'homme est si nu, si ouvert devant elle qu'elle pourrait en concevoir une douceur, une confiance. Il est si naïf, si totalement ignorant, qu'elle pourrait bien, elle aussi, jouer à dire tout. Mais l'attendrissement, déjà, c'est presque trop.

Sortant du bain, il est chaud et humide, il a six ans. Sa mère, ses sœurs l'attendent en riant dans tous les coins de l'apparte-ment, tendant des serviettes molles et profondes. Il court, ne sait plus dans quels bras tomber. Bientôt on l'enveloppera, on le soulèvera et il s'écroulera dans les airs, dans les bras de l'une et de l'autre maintenant réunies autour de lui. On le chatouillera en l'essuyant, jusqu'à ce que le souffle lui manque.

La notaire l'arrête au milieu du salon, lui prend les mains; il s'interrompt, la regarde, se tait tout à fait. « Enfin », dit-elle. Non, elle ne le dit pas. Elle lui prend les mains, les passe autour de son cou, les rassemble sur sa nuque. Elle ferme les yeux. Même les yeux fermés, elle sait où est le nord, elle connaît le tracé des canalisations. Elle saura toujours que sous elle s'étend la cave, l'ancienne et la nouvelle partie, et qu'à cet endroit, exactement, leur histoire se terminera. Même sachant cela, sachant aussi que l'homme ne se doute de rien, la notaire réussit à fermer les yeux, à se laisser dévêtir, à dormir, parfois même à pleurer. Rien de mal, semble-t-il, ne peut arriver dans la maison de l'homme nu.

Une heure s'écoule sans que personne ne dise un mot; rien n'arrive que le mouvement tranquille des corps. Et puis voilà, c'est elle qui parle.

« J'ai trente ans et j'ai vu des maisons changer cinq fois de mains, des hommes changer trois fois leur testament. Chaque fois, je les écoute dresser leur inventaire, puis parler du corps, des dispositions, puis des mandats, des certificats... J'ai trente ans et j'ai vu des autos passer trois successions, des enfants enterrer quatre parents, j'ai vu des derniers hommages en forme de liste d'épicerie et des listes d'épicerie qui n'étaient pas grand-chose d'autre que de longs, d'interminables appels pour avoir un peu d'attention, et du temps, encore un peu de temps avec les petits-enfants. »

L'homme n'écoute pas vraiment quand il a sur lui la tête de la notaire, quand il a déjà joui, quand elle repose en lui caressant le torse. Il ne remarque pas qu'elle parle de plus en plus, il ne voit pas à quel point se construit cette réalité : l'intimité.

Marie s'abîme à frotter des surfaces déjà propres : « J'aime les surfaces vides, dit-elle, les lignes d'ombre qu'elles accueillent. Quand c'est vraiment blanc, vraiment propre, on dirait qu'il ne manque rien. »

Les mains de Marie se défont dans l'eau chaude. Les os rétrécissent, deviennent trop petits pour les doigts. Des coussins gonflés sous l'ongle semblent vouloir tomber, de petits pans de peau cherchent à se détacher. Comme les genoux s'usent sur les planchers, les coudes s'éliment jusqu'à l'os ; comme à force d'être assise ou debout, bougeant mal pour frotter, on grossit des cuisses et dégonfle des bras ; comme on vieillit, on se décompose, les joues nous glissent sur la mâchoire pour bientôt se confondre avec le cou. Tout tombe, enfle et sèche, s'étire, s'affaisse, tout tombe, et bientôt on n'aura plus forme humaine sur les surfaces lisses et brillantes de nos maisons désertes. Marie est triste et décomposée. Une fenêtre laissée ouverte et un coup de vent finira de l'éparpiller.

Le faisceau des réverbères reste immobile, mais on sent une sorte de mouvement, dans le vide au-dessus des rues, dans les cours désertes, entre les maisons qui n'en finissent plus d'être habitées par des gens qui ne sont pas soi. L'humidité s'attache aux voitures stationnées, les branches deviennent poisseuses, l'herbe moite. Contre les vitres de la maison se condense le visage de Marie. La surface plate des pommettes, un regard, un front luisant sur le verre lentement glissent le long de la vitre. Marie bientôt ne sera plus qu'un souvenir récurrent.

Un genou, une cuisse, des poils dans une shed sombre. Une chemise jaune sur une fille qui veut bien qu'on la regarde. On a peur d'être surpris. Par les amis qui cherchent, mais aussi par les vieux qui habitent là. Par la fenêtre, parfois, ils nous voient. Il y avait une fenêtre. Une fenêtre donnait sur la cour, à l'étage. Une fenêtre qu'on a bouchée.

Souvenirs de shed, images de Marie : érection vespérale sur les flancs de la notaire endormie. Un peu plus, et elle ronflerait. Un soupçon supplémentaire d'abandon, et on reconnaîtrait le sommeil d'un jeune garçon. Il ne faut pas la déranger, la priver de cette absence, ne pas lui rappeler que, de ce côté-ci, quelqu'un la regarde.

Mais l'homme est plein de lui-même. Il ne reste plus de sang, plus d'air pour le sommeil, aucun muscle n'accepterait de se livrer à un autre jeu qu'à celui de la détente urgente. Il se lève et marche, nu encore, et dur. Il ira se masturber dans le salon, tiens, ou assis sur le comptoir de la cuisine. Il pourrait aussi le faire sur la petite chaise droite dans la chambre jaune. Il devrait éjaculer dans la poche du manteau de la notaire, dans son étui à lunettes, dans son porte-documents... Oui, dans son porte-documents. Pas directement sur les papiers. On ne répand pas son sperme sur les testaments ; les certificats de localisation perdent leur valeur une fois gommés. Il jouira dans l'attaché-case, sur un lit de papiers mouchoirs qu'il y aura déposés. Simple et élégant, juste assez dégoûtant.

Demain, au déjeuner, il l'avertira. Peut-être attendra-t-il l'après-midi. Il l'appellera à son bureau, dans l'auto, chez elle, n'importe où ; à l'endroit où elle se trouvera au moment de sortir son cellulaire. Il lui dira : « J'ai joui dans ton sac, cette nuit. » Ou alors : « Sens les Kleenex que j'ai laissés pour toi. » Il lui dira : « J'ai pensé très fort à toi, pendant que tu dormais. » Ces projets l'excitent si bien ; il va bientôt venir. Il est à genoux sur la tuile de la cuisine, la serviette est ouverte devant lui. Il dispose parmi les papiers une surface de mouchoirs, un petit tapis qu'il aplanit. Ses doigts rencontrent quelque chose de dur. Des pots de plastique dans un sac transparent. Des médicaments, un sac plein de flacons. C'est parfait. Il fouille dans le sac et, en se branlant toujours, il ouvre une bouteille vide.

Le garçon se masturbant dans la maison de ses parents, jeune garçon dans une maison de sœurs, de femmes, de filles, de tout ce qui n'est pas son corps à lui, mais l'appelle. Et mal. Parce que ce sont des sœurs, des mères, pas celles qu'il faut. Les filles à l'école, les femmes à la télé, la notaire dans le lit abandonné... Juste le temps d'approcher le flacon et il éjacule. Il le referme, le dépose dans le sac qu'il referme, referme aussi le porte-documents qu'il remet à sa place, près de la porte d'entrée.

Il n'a pas reconnu le nom sur le flacon : Armande Denis, la dame qui lui a vendu la maison. Il sourit béatement en retournant jusqu'à son lit, à moitié ramolli.

# 12

La vieille dame ne semble pas avoir de cheville tant sa jambe est enflée. Le talon, rose et gris, est déposé sur le genou de la notaire qui glisse ses mains le long du mollet, de la cuisse, frôlant le boudin informe et transparent, marbré, veiné.

« Pas besoin de masser, fille : flatte, c'est tout. C'est bien sensible. »

Des pantoufles attendent sur le banc de fer. Le poil de mouton, au fond, est écrasé et noirci. Il faudra lui en acheter d'autres.

« T'as des belles mains. Le papier, ça use pas les mains. »

Une préposée entre en portant sur un plateau une pomme déjà tranchée, des biscuits. Elle voudrait que madame ouvre le rideau, qu'elle profite de la visite pour prendre une marche dans le corridor, qu'elle allume au moins une lumière, la radio… quelque chose devrait être allumé pour que ce soit plus gai. La notaire regarde les souliers blancs, les bas blancs de l'employée et ne dit rien. La dame voudrait suivre la préposée des yeux, mais, trop lente, elle regarde toujours là où l'autre n'est plus.

« On se repose, là. On se soigne. »

La garde observe la notaire tant qu'elle le peut : sa chevelure noire, lustrée, la tête obstinément penchée sur la jambe. Une femme si bien habillée, un samedi, et toujours avec son porte-documents. Elle sort.

« Est-ce que t'as couché avec ? »

La notaire hoche la tête, sans lever les yeux.

« J'imagine qu'il n'y a pas de mal à ça. Vas-y, ma fille. Fais-toi plaisir un peu… Oh, il est tard, tu vas être prise dans le trafic.

— Y a jamais de trafic, ici.

— Où est-ce que vous l'avez fait ?

— Sa chambre est en haut, en avant.

— Dans son lit ?

— Oui.

— Comme ça, t'as le temps de faire un petit somme.

— Oui. Je suis fatiguée. »

La vieille dame pourrait se lever seule. Prendre appui sur la chaise, se traîner les pieds jusqu'au lit, s'asseoir, lever les jambes, les couvrir, s'étendre. Mais pourquoi faire tout ça, maintenant ? La notaire passera plutôt ses bras sous ceux de la vieille dame qui s'agrippera à ses épaules en se levant. Arrivées au lit, elles s'assoiront, la dame glissera vers la place la plus éloignée, se couchera en tirant vers elle la notaire qui posera sa tête sur sa poitrine.

Madame Denis promène son menton dans la chevelure sombre de la notaire, qui ferme les yeux.

« Il n'y avait pas une autre fenêtre, dans la maison, en haut, qui donnait sur la cour ?

— Il avait toujours le nez dedans. Il s'était patenté une amanchure avec des jumelles pis son cendrier, pis même du papier pour écrire.

— Vous l'avez fait boucher ?

— Il exagérait, je trouve. »

Pendant une seconde, la notaire est endormie.

« Pis même quand je l'ai fait boucher, après ça, il sortait plus de la chambre. Il pouvait plus bricoler déjà, il tremblait trop. Pour prendre des photos, ça allait encore, mais pour les outils, les mesures, les affaires pesantes, c'était plus possible. Il restait là, enfermé, à fumer. Un homme dans une maison, quand ça travaille pas... »

La notaire roule à l'extérieur du lit, s'assoit sur la chaise de cuir bleue. Elle prend son porte-documents, le dépose sur ses genoux, fait claquer les fermoirs. La dame sort une main de sous les couvertures pour saisir le bras de la notaire.

« Je veux pas de pilules, aujourd'hui. Je vais garder mon mal, un peu. J'ai des affaires à penser, je veux pas être trop étourdie. Demain, si tu viens, j'en prendrai peut-être, mais si tu m'en laisses je vais être trop tentée.

— Demain, je pourrai pas venir.

— Ah ? Après-demain ?

— Je peux vous laisser des pilules ?

— Non, je vais attendre. Au pire, si c'est trop pressant, je t'appellerai pour que tu viennes m'en porter. »

La main de la vieille serre l'avant-bras de la notaire qui la regarde. Elle pourrait mettre la sienne dessus et serrer, elle aussi.

« T'as été bien fine. Tu sais, on mange bien, ici, et les gardes viennent souvent me voir, mais je commence à avoir le goût de m'en aller, là.

— Ah, madame Denis, parlez donc pas comme ça. »

# 13

L'homme vivrait constamment dans le bonheur d'avoir baisé, comme dans l'engourdissement d'un grand plat de pâtes qu'on mange l'hiver en rentrant d'aller glisser. Et il voudrait en même temps être la mère qui peut s'assoupir devant la télé, sûre d'avoir satisfait tous les désirs.

La notaire ne vient pas tous les jours, mais il sait qu'elle sera là demain, ou le jour suivant. Tout le reste, il le fait en attendant.

La notaire a dit : « Tu baises comme un homme qui a été beaucoup aimé. Comme un enfant confiant.

— Toi, tu baises comme quelqu'un qui a faim.

— Tu baises sérieusement, comme un enfant qui joue du violon.

— Tu baises comme une fille qui n'aura rien à manger demain. »

Il paresse dans la maison en désordre, perd son temps à se rappeler le passé immédiat. La notaire qui dort ou ne dort pas ; pleure ou ne pleure pas ; lui-même qui parfois ne jouit pas, mais pratique un sourire coquin, en coin, au-dessus d'elle. Si la notaire ne vient pas ce soir, elle viendra demain.

Il y avait bien une deuxième fenêtre dans la chambre jaune. Au milieu du mur, les lattes s'interrompent et le plâtre s'enfonce. Des carrés de carton, découpés à même une boîte dans laquelle un réfrigérateur avait été livré, bouchaient l'orifice avec de la laine minérale décolorée, de vieux journaux, divers papiers. Il a passé l'après-midi à lire les nouvelles jaunies du mois d'août 1980. Une plaie dans le mur, et bientôt l'automne arrivera.

La notaire visite d'autres vieux, dans d'autres foyers. Ce soir, elle se félicitera de sa peau lisse et tendue, ferme mais menacée. Elle dit : « Les gens de ton âge font et défont contrats et testaments, prennent et annulent leurs dispositions. Ils arrivent dans nos bureaux après s'être mariés avec une petite jeune, et plus rien n'est pareil. Ils se sont senti des douleurs au côté, et tout a changé. J'écrirais leurs dernières volontés au plomb, je les écrirais sur le sable ou sur l'eau tant ils oublient vite et recommencent le lendemain. Les mesures du terrain, le degré d'usure de la toiture restent les mêmes alors que la maison et les enfants changent de main. Et après cinq quadragénaires de ton espèce, parfois, une vieille dame nous arrive qui sent l'urine, le lait suri sur le vieux linge. »

Elle parle seule et à voix haute dans l'auto, s'entendant à peine sous la musique de la stéréo. Sa conduite est sèche, nerveuse par habitude, alors qu'elle s'imagine s'adressant à l'homme étendu, caressant les poils blancs de son torse. Elle s'imagine couchée à ses côtés dans la maison blanche dont elle gère le secret.

Elle dit : « Les vieux laissent parfois des sommes considérables, d'autres fois des niaiseries. Des chapelets poisseux dont personne ne voudra, des médailles en fer-blanc, des mobiliers complets en teck, en chêne, des meubles hors de prix. Ils laissent aller ça d'une main molle, d'un geste qui serait vague même s'il était plus assuré. Ils ne savent pas dans quelles directions tout disperser.

Les vieux arrivent avec des histoires qui sont plus vraies que les tiennes, les nôtres, parce qu'elles sont plus simples et ont duré plus longtemps. S'ils ont des secrets, ils en règlent le sort avec ceux de l'argent et du corps. »

La notaire se demande pourquoi cet homme, tout à coup, lui donnerait envie de raconter. Quand a-t-elle parlé pour la dernière fois ? Lui-même ne tient la plupart du temps que des discours décousus et sans grand intérêt. Elle devrait chanter, plutôt, s'annuler dans la musique qui résonne à tue-tête dans l'auto noire. C'est parce qu'il est chaud, c'est tout, c'est à cause du microclimat de son cou. Et puis, autre chose : il ne calcule pas. Ça doit être ça.

Les chaudrons qui se noient dans l'eau noire n'agacent personne, personne n'enseigne à l'homme la meilleure façon de vieillir. Aucun discours de croissance personnelle, aucune ambition à réussir sa vie : c'est peut-être ça, la paix. Il ne songe qu'à l'intérêt d'une femme pour lui, s'en distrait par des quêtes innocentes. Hier, il a forcé tous les tiroirs de la cave, cherché partout dans l'espoir de trouver de nouvelles photos. C'est une course au trésor dont il constitue lui-même le butin.

La nuit le trouve dehors à chercher les traces de ses passages précédents. Le sol est humide, gluant. Il ne sait pas sur quoi il marche. Encore des papiers, des déchets comme on n'en voit plus dans les autres quartiers, déjà des feuilles mortes. Aussi, sous le pied, quelque chose de plus dense et de mou. Des lambeaux, c'est le mot qui lui vient. Il pense à Marie.

Cet édifice, à côté de chez Bernard, avait encore à l'époque son revêtement de bois. C'est du vinyle, maintenant, et les fenêtres ont été changées. Une vieille femme vivait au deuxième étage. Elle donnait des peanuts aux enfants et buvait dans de petits verres un liquide transparent qui sentait mauvais. Elle disait *Du vinaigre.* Ce devait être du gin, tiens. Un passant se retourne, croyant que l'homme lui a parlé.

Un vieillard est assis au rez-de-chaussée, on l'aperçoit dans la lumière changeante de la télé. C'est un très vieil homme, enfoncé dans un fauteuil, le menton sur la poitrine, les yeux grand ouverts. À l'écran, des enfants se disputent un ballon. Pendant un moment, l'homme reste là, planté sur le trottoir, à regarder dans la télévision du voisin des enfants qui se chamaillent au milieu d'une rue. C'est celle-ci, cette rue-ci. Dans la télé du vieux voisin, l'homme revoit les enfants du quartier, quelques visages familiers. Et il est là, lui-même, au centre du groupe, tenant le ballon entre ses bras crispés. Il a environ dix ans.

Rentré chez lui, il a chaud, il a le souffle court, il enlève son coupe-vent et aussi son chandail. C'était lui, à la télé, au centre de la scène, au cœur de l'attention, en plein milieu de l'image, il serrait le ballon. Il marche et le répète. Il s'est vu à la télé ; ses voisins le regardent à la télé. Tout à coup, le souvenir se reconstitue, intact, précis. Il vient de s'emparer du ballon, il veut le garder. Il n'en a pas souvent la chance. Le ballon appartient à un copain et lui-même n'en possède pas. C'est enfantin. Oui, justement. Ce sont des enfants. Le ballon appartient à Sylvain et c'est toujours lui qui décide. Il est propriétaire de la maison et du ballon. Au milieu du jeu, il change les règles ; après, c'est lui qui décide du prochain jeu. Et de qui pourra y jouer. Sylvain est un garçon têtu, on ne sait rien obtenir de lui. L'enfant s'était saisi du ballon, voulait le garder, avait même songé, il s'en souvient maintenant, à le crever. Dans les jours, dans les semaines qui avaient précédé, peut-être n'y avait-il pas assez touché. Et c'est ce qu'on regarde, maintenant. Dans les maisons qui bordent la rue où la scène s'est déroulée il y a, quoi, vingt-cinq, trente ans ? La notaire était-elle même née ? Il l'appelle.

La notaire ne bouge pas. Assise sur le bout de sa chaise, elle regarde s'allumer et s'éteindre le voyant rouge du téléphone. La sonnerie emplit l'appartement. Un flacon est posé sur la table, devant elle. L'homme a joui dans ce flacon et elle a peur.

# 14

On rêvait que l'on marchait nu. On avait dix, douze, quinze ans. On était nu et personne ne le remarquait. Parfois on se masturbait, sur le divan, assis parmi la parenté, ou à sa place dans la classe, sur le bord du mur, derrière son pupitre.

Dans ces rêves adolescents, la honte régnait. Le garçon ne pensait à rien d'autre qu'à sa nudité, sans chercher à la cacher, mais sans savoir s'il souhaitait être vu, s'il voulait que tous arrêtent de parler et se tournent enfin vers lui. Ce soir, le rêve a changé.

C'est encore l'enfant qui court au sortir du bain, mouillé, rieur, les pieds roses sur le prélart, c'est toujours l'adolescent surpris de ses érections, de l'ensemble de ses fonctions qui cherchent à percer le monde, mais c'est aussi l'adulte qui marche dans la rue, accueilli par tous les regards, attendu dans toutes les maisons.

Une photo de lui trône sur un buffet, dans un beau cadre doré ; une autre, sur une table de chevet, entre la lampe et le réveille-matin. Dans chacune des maisons de la rue, son image est offerte aux voisines souriantes.

Il marche nu dans la rue et tout parle de lui. Les animaux domestiques, les chaises pliantes, les cousins en visite chez les voisins… Tout traîne en soi les sonorités de son nom, les souvenirs de ses prouesses, à tous âges, de toutes les façons. Un graffiti sur un pilier du pont : son nom. Son nom gribouillé dans les toilettes de la station-service, sa photo sur une affichette brochée dans l'entrée de la pharmacie.

Il se réveille heureux, ne prend pas la peine de s'habiller, allume les lumières même s'il fait grand jour, boit du jus, met de la musique. Bientôt, il appellera la notaire et lui demandera de venir.

La notaire n'a pas dormi. Le flacon sur sa table de cuisine semble avoir crié toute la nuit ; il a brillé, sonné, hurlé au point de garder éveillé l'appartement vide et bien rangé. Elle imagine l'homme fouillant dans son porte-documents, trouvant le testament de madame Denis, lisant les lettres. Elle le voit dans la cuisine, penché sous la lumière de la hotte. A-t-il ri ? S'est-il indigné ? Pourquoi le matin n'a-t-il rien dit ? Et sa semence jetée parmi les médicaments... Elle n'aurait jamais dû s'endormir dans cette maison.

L'homme imagine toutes les conspirations, toutes les adorations. Serait-il possible que ses voisins se réunissent pour parler de lui, qu'ils échangent des photos, copient des films que, plus tard, une fois seuls, ils écoutent en silence ? Il y a eu d'abord cet homme avec son appareil photo, puis ça s'est répandu au voisinage en entier. La perspective, énorme, le rend fébrile. Il faudrait que la notaire arrive, qu'ils fassent l'amour, qu'il lui raconte tout.

« Viens faire l'amour avec moi, maintenant. »

La notaire ignore ce qu'il faut dire.

« Viens donc ».

Il a cette voix, encore, de gentil abruti. Une inflexion, comme si la courbure du cou modifiait l'intonation. Il penche la tête, c'est sûr, il fait les yeux doux à l'autre bout du fil. Il l'attend, il l'appelle de sa voix ronde et l'attend. Ce qu'elle a perdu de sommeil monterait en elle, maintenant. Elle retrouverait la chaleur sur le torse de cet homme et s'endormirait; elle enfouirait son nez quelque part dans son cou, s'oublierait. Mais non.

L'homme mange un fruit en tournant lentement sur lui-même au centre de la chambre jaune. Ce sentiment, il est simple : être parfait. Dit comme ça, c'est ridicule. Comment le dira-t-il à la notaire ? Se sentir adéquat, être à sa place. Ne plus entendre de voix qui discute, ne plus se demander si on agit bien ou mal, être là où il faut, exactement. La porte, le mur, la fenêtre, une femme qui s'en vient nous rejoindre, l'autre mur. « Autrefois, une fenêtre donnait sur la cour. De là, un vieil homme nous regardait. » Son corps est droit, ses bras ouverts, sa voix rebondit contre les murs jaunes pour rencontrer sa peau. Bientôt, une nouvelle fenêtre s'ouvrira sur la cour.

La notaire a du mal à choisir ses vêtements. Un pyjama de flanelle, tiens, ou plutôt ce truc noir qui lui serre la poitrine... Elle ne sait pas si elle traînera son porte-documents, si elle n'oubliera pas encore ses clés qu'elle cherche pour la troisième fois. Est-il possible de perdre à ce point le contrôle, à son âge, dans sa position ? Dans l'auto, elle ne songe pas à écouter de la musique, à chanter à tue-tête, elle néglige tout ce qui d'habitude sait la préparer.

Elle dit : « Je ne sais pas si je t'ai menti. Ne rien dire à quelqu'un qui ne demande rien, est-ce que c'est mentir ? Tout devait se dérouler autrement, aller tout doucement. Tu n'aurais rien su avant le dernier moment. Mais je me suis laissée aller. Ce n'était pas censé arriver, cette chose : l'abandon. »

Le mot résonne dans l'habitacle de l'auto. Elle allume la radio.

Il vente autour de la maison ; l'air est saturé de poussière et de déchets végétaux. On trouverait des lambeaux de peau parmi les feuilles arrachées ; des yeux rouleraient parmi les cailloux. La notaire ne prend pas la peine de maintenir sa coiffure en place, de garder fermé son pardessus, elle marche vers la maison sans vérifier que la voiture de Marie n'est pas là. Mais non, Marie a depuis longtemps cessé d'entretenir l'amour ingrat.

À nouveau, la notaire ne trouve rien d'autre qu'un homme nu qui ne parle que de lui-même. Elle ne comprend rien. Elle guette un geste, un regard qui serait une menace. Il n'est question que d'enfance, de shed, d'une jeune fille déshabillée. L'homme parle de la fenêtre à percer comme d'une soudaine nécessité et de la nuit d'avant-hier, de l'amour de cette nuit-là, dit-il, qui le « réconcilie avec lui-même ». C'est ce qu'il dit ; ce sont les mots qu'il emploie. La notaire n'ose rien, ne questionne pas. Puis l'homme dit : « T'as dû être surprise quand t'es venue pour prendre tes médicaments. » Ses médicaments, voilà, c'est tout. Il n'a rien vu, l'imbécile. Le bel imbécile.

Elle le laisse venir quand il se tait enfin et la prend dans ses bras, la mène dans la chambre. La voilà enveloppée, déjà, absorbée par la douceur de l'homme qui la couche sur le lit et la recouvre de son propre corps, elle laisse faire cet homme qui l'aime tranquillement et bientôt s'endort.

L'homme rêve d'un père qu'il n'a pas eu, d'un homme plus vieux que son père ne l'a jamais été. Ensemble, ils réparent des jouets, peinturent des chaises, construisent des maisons. Il n'y a pas de paroles dans son rêve ni même de couleurs. D'habitude, il y a de la couleur. Quand il se réveille, la notaire est partie, la maison est vide, douce et silencieuse.

# 15

Il voudrait que la maison soit propre, exempte de poussière, de film gras, qu'aucune frontière ne subsiste entre sa peau nue et les murs. Il voudrait que la lumière des plafonniers se reflète sur son corps au point de faire briller la maison qui à son tour illuminerait toute la rue. Les voisins émerveillés sortiraient sur leur balcon, en plein midi. Il percera la fenêtre, la pièce abandonnée débouchera sur les arbres, les cours, le quartier. Le vent la traversera. On le verra de partout.

Il tire sur la tapisserie, gratte les dernières plaques de plâtre pour dégager complètement le cadre de l'ancienne fenêtre. Travailleur nu, il pense à Robinson Crusoé et à une vague histoire de ver et de cocon. Il arrache la dernière poignée de circulaires qui colmatent l'ouverture. Quelque chose résiste, un papier plus rigide. C'est une nouvelle photo, de grand format, l'image floue d'un jeune garçon, torse nu, tournant le dos au spectateur. Derrière lui, on distingue les lattes de la chambre jaune. L'homme reconnaît le short en jean qu'il portait souvent, lui, et tous les autres garçons. Une épaule est plus haute que l'autre, les bras pendent, incertains. C'est le corps maigre d'un enfant pauvre.

La notaire travaille. Elle a dressé un testament, ajouté une procuration. La jeune femme devant elle semblait pressée d'utiliser les cartes bancaires de sa mère. La notaire aurait aimé rester seule avec cette vieille femme muette. Sa fille s'était tout de suite méfiée d'elle et n'avait pas lâché la main de sa mère. On ne peut pas toutes les sauver. Il y a un temps où elle aurait essayé.

Il est bientôt midi. Elle mangerait de la salade de fruits, boirait du café avec cet homme, dans cette maison. Elle retrouverait volontiers la carcasse de cet homme naïf tout en restant à l'affût des secrets du lieu, et de l'autre corps, enfoui dans la cave, qu'il faudra bientôt sortir de là.

Dans quel état sera-t-il ? Elle imagine des os secs et blancs, semblables à ceux des classes d'anatomie, puis elle pense à inclure dans l'image la terre jaune de la cave. Madame Denis a dit : « Après deux coups de pelle, j'ai trouvé de la terre jaune, jaune comme du sable sur la plage, pis ça se creusait bien même si ça déboulait tout le temps. Tu sais, du sable, ça se ramasse pas en mottons, ça déboule. » Il y aura sûrement des vers, c'est ce que l'on dit. Jusqu'où aura-t-elle envie d'aller ? Appeler la police suffirait. Dès que la dame sera morte, elle n'aura qu'à appeler. Anonymement, même, elle pourrait. La police viendrait exhumer monsieur Denis et l'homme dans la maison ignorerait tout du rôle qu'elle a joué. Il ne saurait rien et pourrait continuer de l'aimer. Encore ce mot.

L'homme est assis dans la chambre jaune, une photo à la main. Cet enfant, tout le monde le regardait. Il voudrait en parler à la notaire, maintenant. Il dirait : « Quand j'étais jeune, tout le quartier m'admirait en secret. » Il descend pour prendre le téléphone :

« Viens-tu manger avec moi ?

— Non, j'ai du travail. Désolée.

— Moi aussi, je suis désolé. »

Il n'est pas question d'insister, et il n'ose même pas lui demander quand il la reverra. Il remonte à pas lents, un peu triste, déjà. À quoi peut servir cette histoire s'il n'a personne à qui la raconter ? La voix de Marie se rend jusqu'à lui.

*Voilà. Tu ne supportes déjà plus la solitude. Tu pourrais t'intéresser à l'installation d'une fenêtre, réfléchir au fait qu'enfant tu aurais été épié. Ça ne te suffit pas. Tu veux quelqu'un pour t'écouter, te caresser; quelqu'un que peut-être tu n'aimes même pas.*

La notaire est fière d'avoir résisté à l'appel de l'homme. Elle a mieux à faire, il y a toujours mieux à faire que de s'amouracher. Ses vieux l'attendent : monsieur Guérin, madame Denis, et après elle il y en aura d'autres.

Elle pense à la chair vide et râpeuse de monsieur Guérin, à ses grands yeux mous, ses phrases qui meurent à peine formées. Elle pense à la mémoire qui s'en va, à l'intelligence qui s'accroche, et elle se rappelle à quoi elle sert.

Dans une heure, elle passera sa main sur la cuisse sèche et froissée de monsieur Guérin. Elle montera jusqu'à l'os de la hanche, laissera traîner ses doigts dans le creux, à côté des fesses. Le vieillard gardera la tête droite et le regard perdu au-dessus de la notaire. Ses mains raides seront tombées à côté de lui, sans vie, il mâchera chacune de ses paroles comme pour y goûter, l'apprécier. La notaire sait déjà tout ce qu'il dira, mais elle le laissera parler. Il racontera pour une dixième fois l'histoire de cette femme blonde rencontrée par hasard, dans l'unique restaurant d'une ville perdue où l'appelait son travail. Ce fils un peu simplet qu'elle a eu et qui est le sien. Il veut soustraire un peu d'argent à ses héritiers, le détourner vers ce fils inconnu. La notaire y verra. Elle connaît déjà le bénéficiaire : trente ans, vendeur dans un Future Shop. Avec lui, elle ne couchera pas. Traînant ses doigts sur les os à peine recouverts de monsieur Guérin, elle ne regrettera que la chaleur, le confort qu'elle trouve auprès d'un corps chaud et que ses vieux ne peuvent lui donner.

L'homme ne pense plus qu'à la femme et à ce qu'il lui racontera. Elle l'écoutera. Tout a commencé avec cette bataille autour du ballon. Les autres garçons voulaient toujours tout contrôler. Dans les pires chicanes, un père sortait, criait, tranchait. « En faveur de son fils, toujours. » Quand la notaire arrivera, il lui racontera tout. Il fera un peu pitié. Déjà, il penche la tête, assis seul contre le mur, pratiquant son air piteux. Quand il lui aura tout raconté, il lui montrera la photographie. La journée semble trop longue s'il n'est pas prévu que quelqu'un vienne nous flatter.

Bientôt, dans ses pensées, la voix de Marie se substitue à la sienne : *Ta seule façon d'exister, c'est de te faire regarder.* Il pense aux questions auxquelles il n'a jamais su répondre : *Pourquoi tu m'aimes ? Qu'est-ce que je t'apporte ?* Il pense au vide, au silence, à la totale absence de contenu disponible, à chaque fois, pour chaque fille. *Vas-tu lui faire le coup, à elle aussi ?*

Faire son nid dans le lit des femmes, ce n'est jamais assez. Elles nous écoutent longtemps et cela nous convient, mais lorsqu'on n'a plus rien à dire, elles sont encore là. On les regarde, elles nous regardent et attendent quelque chose de nous. On s'ennuie. Ce qui manquait recommence à manquer. Cet amour-là n'est jamais assez.

L'amour des filles est le plus facile à obtenir. Les garçons sont plus exigeants. Ils nous demandent d'être bons au ballon, de savoir attraper et courir. Les mères nous aiment quand on sait faire les yeux qu'il faut et aussi dire *S'il vous plaît* et *Merci.* Pendant ce temps, les pères sont ailleurs, et quand ils arrivent, aucun sourire ne peut racheter le corps inarticulé qu'à tout bout de champ vous échappez dans leurs jambes. Mais eux, ces pères-là, malgré le froid qu'il a toujours senti... ces pères-là maintenant sortent sur leur galerie à chacun de ses passages. Tout le monde l'aimait donc en secret. Il est revenu. S'il pouvait le raconter, maintenant. Si seulement la notaire pouvait arriver.

Elle salue les employés du centre d'accueil, distribue des pourboires démesurés. Tout le monde ici croit qu'elle est la nièce de monsieur Guérin. À cause d'elle, ils en prennent soin. Elle pose des questions, inspecte, goûte. Dans le fond, elle énerve tout le monde et ils ont un peu hâte qu'il meure, monsieur Guérin.

De retour dans l'auto, elle recommence à parler, comme si elle aussi avait attrapé cette manie : « Moi, ce que je fais, c'est entendre des secrets, consoler des vieux. Je ne sais pas ce que toi tu fais, tu donnes des cours, tu as des blondes. J'ignore ce que ça vaut. Moi, je répare des erreurs, c'est tout. C'est mieux que de tomber amoureuse, de soi ou d'un homme, pour ensuite être déçue, et sombrer dans le... » Elle allume la radio. Aujourd'hui est un jour important, elle ne devrait pas se laisser distraire.

Madame Denis reste couchée quand entre la notaire. Elle sourit, se pousse un peu, laisse la place chaude à son amie qui s'étend à côté d'elle. La notaire passe un bras autour du corps étendu. Avant de mourir, la dame cherche encore à expliquer : « C'était pas un homme mauvais. Prendre des photos, c'est pas méchant, pis les enfants, c'est beau. On en a pas eu, nous autres. On a jamais su la faute à qui. Une affaire de tuyaux, mais on a pas su lesquels, les miens ou les siens. Mais c'était correct de même. »

Il portait des bretelles sur sa chemise blanche, une camisole en dessous, même en été, quand les enfants jouaient dehors et qu'il sortait pour les regarder. L'appareil pendu à son cou était l'objet le plus compliqué du quartier. Un réflecteur argent, au-dessus, rappelait les soucoupes volantes.

À la télé, les ordinateurs du futur couvraient des murs entiers. Ils étaient surchargés de bobines de ruban magnétique, de colonnes de voyants lumineux qui s'allumaient en séquence. Les gens qui les manipulaient portaient des lunettes et des combinaisons d'un tissu extensible et brillant, argent ou gold.

« Peut-être qu'il était un peu artiste. Il était doux et bon. C'était un homme bon. Mais c'est devenu comme une manie, une manière d'obsession. Les photos… et puis, de plus en plus, juste des enfants, puis ensuite juste des garçons... Tu vas rire : j'ai hâte un peu d'être enterrée à côté de lui. Il me manque. Je sais que, rendue là, je ne sentirai plus rien, j'en aurai pas connaissance, je le sais, mais il me semble que quelque chose va être réparé quand on va être tous les deux étendus dans le cimetière. Quand il était dans ma cave, encore, c'était pas si pire, mais là, il est trop loin. »

La notaire imagine l'homme enfermé, fumant dans la chambre tapissée. Dehors, des enfants jouent, de jeunes garçons se disputent des ballons, de jeunes couples se cachent, des adolescents allument des cigarettes derrière les bâtiments. L'homme entend mais reste immobile, impuissant. Elle voit la chaise droite, les chaussures lourdes de l'homme bien à plat sur le plancher, les coudes déposés sur les genoux, le front dans les mains. Au rez-de-chaussée, madame Denis s'affaire dans la cuisine, inquiète, mais aussi rassurée.

Dans les bras de la notaire, madame Denis ronfle presque. La vieille femme qui va bientôt mourir exhale des odeurs de vieux papiers qui réconfortent. La notaire la serre un peu plus fort. Elle dormira un moment aux côtés de cette nouvelle morte, puis s'en ira déterrer son mari pour les inhumer ensemble. Aujourd'hui aura été une bonne journée.

L'homme dans la chambre jaune se revoit dans son short en jean, dans ses bottines, il retrouve la fraîcheur douce sur ses épaules qu'il avait confondue avec l'odeur du tabac. Nathalie venait de lui montrer ses poils. Il avait à peine eu le temps de lui montrer les siens qu'une voix grave mais sans reproche les avait invités à sortir de leur cachette.

Le monsieur leur avait demandé s'il pouvait les photographier. La fille d'abord, mais surtout lui. Il y avait du Kool-Aid et, s'ils le voulaient, ils pouvaient entrer, monter l'escalier, le rejoindre dans la pièce en haut d'où il les appelait. Ce ne serait pas long. Passer sa vie dans la mire des filles et, soudain, intéresser un homme. Jamais, aucune fois ne s'est-il senti aussi bien qu'en cette journée où une fille lui a montré son pubis avant qu'un homme ne demande à le photographier. Tourner un peu sous le regard de l'homme, prendre position dans la lumière, être parfait.

Il voudrait revenir à cet état d'enfant roi. Il permettrait à la notaire de l'aimer, il la garderait auprès de lui et sortirait de temps en temps s'offrir au regard des voisins. Les pères sont là, dehors, ils l'attendent. Se mettra-t-il debout dans la pièce jaune, devant le trou qu'il a ménagé dans la paroi, recommencera-t-il à tourner sur lui-même dans l'odeur du tabac ?

Madame Denis a déjà fait ses adieux. Elle a salué les autres vieux, les préposés, les infirmières et le personnel d'entretien. Personne ne songe à la retenir. Elle a dit que son amie viendrait, qu'elle s'endormirait avec elle, que son amie ensuite partirait et que le lendemain – le lendemain seulement – on pourrait venir la chercher. La notaire s'occuperait des papiers et puis de la faire enterrer.

Tout se déroule exactement comme prévu. La notaire et la vieille dame sont couchées en cuillère. Madame Denis remercie longuement la notaire et s'assure une énième fois que ses volontés seront bien respectées. Puis elle fouille sous l'oreiller pour en sortir une petite boîte.

« Finalement, je pense pas que je devrais être enterrée avec. C'est une belle bague, ce serait de valeur. Toi, tu peux l'avoir. Si c'était pas toi, c'est sûr que je partirais avec. Mais prends-la. Ça me ferait plaisir. » La notaire l'embrasse, elles ferment les yeux.

Dans les rêves qu'elle fait, la notaire se retrouve au milieu de maisons effondrées. Les poutres, le plâtre, le mortier descendent lentement sur elle, sans bruit, sans heurt. Bientôt, elle se retrouve perdue sous les gravats, tout à fait recouverte, lestée, amarrée. Le noir après le fracas, le silence et le poids des matériaux l'endorment. La notaire rêve qu'elle dort et ce sommeil enfin est le bon. C'est en lui qu'elle se répare. Quand elle se réveille, il ne reste plus rien des maisons. Une sorte de champ vert à l'herbe grasse. Puis elle se réveille une autre fois, trouve à côté d'elle un corps, et c'est parfois celui d'un mort.

# 16

L'homme raconte une histoire d'enfant prodigue, l'histoire d'un enfant neuf qui arrive dans un vieux quartier. C'est un garçon, il est blond, sa peau est très blanche. Les filles et les autres garçons immédiatement le désirent comme compagnon. On se l'arrache, tous les jeux lui sont offerts. Des amours naissent, et aussi des jalousies. Un petit gars parfois sera méchant avec lui, par dépit. On joue dans la rue, dans les cours arrière, parfois on s'éloigne jusqu'au parc, jusqu'au dépanneur. Les maisons sont fermées, fraîches, sombres, interdit d'y rentrer avant l'heure du souper. À l'intérieur, des hommes et des femmes – des adultes – se passionnent pour le petit nouveau.

Les mères sont habillées comme Denise Filiatrault dans *Moi et l'autre*. Les hommes portent des polos jaunes ou bleu poudre. Ils écartent des rideaux aux motifs géométriques pour prendre des photos, filmer, se délecter de la blancheur de l'enfant, de sa blondeur. Les hommes passent leurs paumes moites sur leurs cheveux en brosse ; les femmes en profitent pour se coller à leur mari.

L'adoration dure des années, puis l'enfant part. Les maisons vieillissent, plusieurs s'effondrent, quelques adultes meurent, mais le souvenir du jeune garçon est conservé. Puis il revient.

« Je suis revenu, dit l'homme, avec des airs de romancier. Ils sont là tout autour et ne pensent qu'à moi. » Puis il recommence, repart dans une histoire inaudible tant elle est usée. Il prend des airs, fait des pauses, ménage ses effets. Il est agité, enjoué, amoureux. Il a dit : « Je t'aime. » Au milieu d'un épisode de ballon coup de pied ou de construction d'un camp (il prononce : campe), il a dit « Je t'aime » et n'attend rien, aucune réponse, reprend le récit de son retour et de l'illumination renouvelée du voisinage. La notaire ne voit qu'un corps chaud noyé dans une nuée de mots. L'homme continue :

« T'avoir trouvée... je ne sais pas... je me sens réuni. Avant, j'étais dispersé. Voilà, maintenant je suis réuni. »

Ce serait à elle de parler. Elle ne s'y résout pas. Si elle ne dit rien, elle le sait, l'homme entamera le récit d'une autre anecdote, encore des mots, un barrage de mots nuls qu'il faudra traverser.

« Viens, dit-elle, j'ai un cadeau pour toi. »

Quand elle lui prend la main, l'homme croit qu'elle va l'aimer. Lorsqu'elle l'entraîne vers la cave, il la suit comme un prince à qui tout est promis. Il croit qu'elle va le lécher, le manger tout rond, l'aimer parmi les outils. C'est ce dont il parle, maintenant, car il ne peut plus s'arrêter de parler.

Elle ramasse la pelle au pied de l'escalier. Pendant une seconde, elle se voit distinctement en train de le frapper.

« Toi ? Vas-tu m'aimer ?

— Quoi ?

— Je vous aime, madame la notaire. Vous, allez-vous m'aimer ? »

Il pose la question sans douter. Bien sûr qu'elle l'aimera, elle aussi. Il ouvre la bouche, ouvre de grands yeux, il se contenterait de la chair en guise de réponse.

La notaire émerge de ses pensées alors qu'ils ont atteint la terre battue. Sous leurs pieds repose monsieur Denis, enterré là par sa femme, il y a bientôt sept ans.

« T'aimer ?

— Oui. Être ma blonde. »

Le bout rond de la pelle s'enfonce de deux pouces dans la terre. La notaire pose son menton sur la poignée, au bout du manche. Un moment, l'homme croit revoir Ken Dryden appuyé sur son bâton. La notaire ferme les yeux devant l'homme qui sourit.

« Regarde, je ne veux pas ça, moi, être une blonde. Regarder la télé avec quelqu'un, manger ensemble… »

Elle voulait lui faire cadeau d'un mort. Donner à cet homme ce que le couple, le travail, les souvenirs d'enfance ne lui donneraient jamais. La densité d'un cadavre abandonné. Aussi énorme que de faire un enfant, aussi signifiant. La notaire ne fait pas dans le sentiment. L'homme dit :

« Être ensemble, c'est plus que ça. Plus que la télé, plus que placoter… »

On ignore si c'est le vent ou l'amertume de Marie, mais quelque chose dans la cave rit. Le chauffe-eau, le filage, les fibres de la laine minérale, la large tôle des conduits de ventilation, le cuivre de la plomberie… L'homme parle et c'est toute la maison qui rit de lui. Il hausse un peu la voix pour demander :

« C'est quoi mon cadeau ? »

Ce serait cette vérité simple : personne ne pense à toi. Jamais il n'est arrivé que tu comptes plus que les autres. Les voisins peuvent bien regarder leurs films de famille, cela ne te concerne pas ; l'homme a bien pu prendre des photos, il en a pris de tout le monde. Nos mères disaient *Tu n'es pas le nombril du monde ; la Terre ne tourne pas autour de toi.* Que faisait la tienne ? Elle ne t'a pas appris ça ? La notaire serait satisfaite si elle pouvait ramener l'homme à ses justes proportions. Ce serait ça, le cadeau. Elle commence :

« Quand monsieur Denis est mort, la dame qui vivait ici, sa femme, celle qui t'a vendu la maison, a eu peur de perdre sa pension.

— C'est un trésor, un trésor enterré ? »

Il la regarde avec des airs de chien content. Elle ne pourra pas. C'est un enfant à qui on ne veut pas faire de mal. C'est un imbécile à qui la vérité est inutile.

Elle remue du bout de la pelle ce qui ressemble à un rond de mousse.

« Tu as joui, là.

— Oui, ç'a germé.

— Viens prendre ton cadeau, mon beau. »

Elle laisse tomber la pelle et passe ses bras autour du cou de l'homme, pose son visage directement sur le sien. Elle le grimpe, monte un genou le long du corps de l'homme, pose sa cuisse sur sa hanche, elle l'agrippe, le coince, le tait. L'homme piétine sur la terre battue émet de petits sons. Quand il s'appuie sur le mur de pierre, la notaire cesse.

« Viens, dit-elle, on va aller dans ton lit. » Elle enlève ses souliers et veut secouer la terre de ses bas, elle voudrait se défaire de cette poussière, de cette odeur de toile d'araignée : « J'aimerais me laver, attends-moi. » L'homme l'attend dans le lit, les mains croisées sous l'oreiller. Il sourit au vide sans penser. Puis la femme revient toute fraîche et se glisse à ses côtés, un peu gênée.

Juste avant de s'endormir, il a entendu la notaire lui dire : « Je ne sais pas quoi faire de toi. Rien n'est suffisant, adéquat, sérieux… je ne sais pas c'est quoi le mot… je ne sais pas quoi vivre avec toi. » Il a cru que c'était une déclaration d'amour; au matin, elle était partie.

# 17

Le bonheur dure presque une journée.
Même s'il est seul, même sans manger.
Déjà, le soir, la femme commence à lui
manquer, mais il n'appelle pas. Une
courte promenade lui montre le quartier
particulièrement désert, les maisons bien
fermées. C'est vrai qu'il commence à faire
froid, qu'une maigre pluie s'obstine. Il
espérait un message sur le répondeur
en rentrant. Son travail doit l'amener
à l'extérieur, sinon elle répondrait. Il
se couche en espérant refaire des rêves
d'enfant.

On sonne à sa porte tôt le matin, on
cogne aussi. Quatre hommes sont entassés
sur la galerie. Ils sont polis, sérieux,
certains sont en uniforme. Ils ne retirent
pas leurs hautes bottes en entrant. On lui
permet de s'habiller, de se faire du café,
on lui demande de s'asseoir à la cuisine et
de ne pas bouger. Un policier restera avec

lui. C'est un jeune homme qui en même temps pourra tout lui expliquer.

Une dénonciation anonyme les amène à fouiller la cave. Il ne faut pas s'en inquiéter, ces indications souvent s'avèrent sans fondement, créent des dérangements qui restent infructueux. L'homme le dévisage en lui parlant, on dirait que lui-même ne se croit pas. Le propriétaire de la maison se sent coupable sans savoir de quoi. Il regarde son comptoir et son évier surchargés, il se dit qu'il serait peut-être ridicule, mais peut-être pas, de se lever et de commencer à nettoyer. Un véhicule supplémentaire stationne dans la cour. C'est une fourgonnette. On demande à l'homme de se préparer à sortir.

On a trouvé un cadavre dans sa cave. Enterré, un homme enroulé dans un sac, dans des couvertures. Près du corps on a trouvé un paquet – une lettre, des explications – et un appareil photo. Une image lui vient qui pourrait être tirée d'une émission de détectives, mais qui tient plutôt de Tintin : le squelette est beige brun, il a un air ahuri. Malgré l'absence d'yeux, de poils, le dessinateur lui a fait au visage un air un peu surpris. L'appareil photo est autour de son cou. Boîtier noir, soucoupe argent, un bel appareil de bandes dessinées. L'homme cesse d'écouter quand il comprend que l'enquête sommaire donne à penser que son innocence n'est pas mise en cause. Quand il rentre chez lui, le téléphone est toujours aussi inutile.

Ce n'est qu'au milieu de la nuit qu'il réalise que la notaire ne reviendra plus. Il l'imagine disparue, quelque part perdue avec le corps de l'homme mort.

# 18

De nouveau, la maison est en bois, en plâtre humide, en plastique. Les murs étalent des taches que personne ne vient laver. L'homme ne sait pas à quoi attribuer l'affadissement général des tons, les silences de plus en plus profonds qui lui pèsent. L'ennui souvent le chasse; rien de consolant ne l'attend dehors. Il fait machinalement l'inventaire des portes, des fenêtres aux rideaux tirés, la liste approximative des voisins absents, mais ses pensées n'accrochent pas. Bientôt, il pense à autre chose ou plutôt à rien.

Sa mère assise sur son lit n'a pas pris la peine de s'habiller. Elle le reçoit en jaquette et lui demande carrément qui il est. Il prononce un nom; elle ne le croit pas. C'est le nom d'un enfant blond qu'elle a eu et qui est disparu.

« Après ses études, dit-elle, on ne sait pas ce qu'il est devenu.

— Parlez-moi de lui, un peu.

— C'était un enfant. Qu'est-ce qu'il y a à dire sur un enfant ? »

La dame aimerait mieux dormir.

Il lui reste tout de même cette histoire d'un homme enterré au cœur de la maison. Il pourrait la raconter à Marie. Marie s'y intéresserait. Il se rend chez elle sans s'annoncer, elle a déjà du monde. Deux hommes, une autre femme, ils sont en train de manger. L'homme s'étonne de constater qu'il y a, dans la vie de Marie, des gens qu'il ne connaît pas. Marie fait les présentations, l'installe parmi eux. Un gigot refroidit au centre de la table, des bouteilles ont été vidées. L'homme se retrouve bien vite silencieux, incapable de suivre, de participer, incapable également de se résoudre à raconter ses histoires d'enfant prodigue et d'homme mort. Il parcourt des yeux cette maison qui n'est plus la sienne : la cuisine, le salon où le tapis a été changé, et il pense à l'autre, l'autre maison, là-bas dans son quartier, sombre à cette heure, froide. Un petit monticule de terre dans la cave, un mur abîmé dans une pièce qui sent le tabac.

La chambre jaune restera fermée jusqu'à ce qu'une fenêtre soit posée. Des hommes viendront, trois ou quatre, des garçons habiles avec les outils et qui se moqueront gentiment de son incompétence en matière de rénovation.